文春文庫

禁断の罠

米澤穂信　新川帆立　結城真一郎
斜線堂有紀　中山七里　有栖川有栖

文藝春秋

禁断の罠／目次

禁断の罠

ヤツデの一家

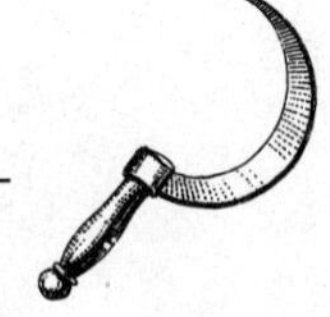

新川帆立

1

強いと言われるのには慣れている。弱かったら、政治家なんてやってられない。

うちは三代続く政治家の家系だ。兄と妹を押しのけて、父の地盤を私が継いだ。それが世のため人のためである。顔が良いだけで無能な兄と、病気がちで気弱な妹には、とてもじゃないが国政を任せられない。

父は大変な暴君だった。私は大学を卒業してから七年間、父の政策秘書として奴隷のような日々を過ごしていた。何でも「はい、はい」と父の命令に従っていたおかげで、荒ぶる神は鎮まり、兄や妹に被害が及ぶことは減っていた。日頃の奉公があったからこそ、父が酒の飲み過ぎで肝臓を悪くして倒れたときも「あとのことはお前に頼む」と大人しく隠居したのだ。きょうだいから感謝されこそすれ、恨まれるようなことはなかった。

恨まれるとしたら、兄のほうだ。

兄は後妻の美都子さんの連れ子で、私たち姉妹と血のつながりがない。最初に顔を合わせたのは私が中学三年、妹が中学一年のときだ。兄の渉はそのとき高校一年生だった。幼いころは、美都子さんとひどく貧しい暮らしをしていたようだ。美都子さんの前夫は女狂いで、しかも若い女専門だったという。美都子さんは三十歳になったときに離婚を言い渡された。二人のあいだには双子の子供がいたけれど、それを双方が一人ずつ引き取った。

美都子さんは職を転々として相当な苦労をしたものの、最終的には勤務先のクラブで父に見初められ、愛人から正妻にランクアップした。美都子さんと渉の暮らしは格段によくなったらしい。

その屈託があるせいか、渉の言動にはいつも、私に取り入ろうとする下心が見て取れた。学校の帰りに渉と待ち合わせてカラオケに行ったことがある。

入れていた曲がすべて終わり、カラオケボックスに沈黙が流れた瞬間、渉は私を抱きすくめ、耳元でささやいた。

「真実ちゃん、可愛いね。食べちゃいたい」

普通ならゾゾゾッと背筋が寒くなる場面だが、何と言っても、渉は顔が良かった。声も良かった。端正な顔がすぐ目の前にあって、甘い言葉をかけてくる。

正直、悪い気はしなかった。

渉は私をじっと見て、匂（にお）やかに微笑んだ。ミラーボールの光を受けて、渉の目はチカチカと蛍光色に輝いていた。その安っぽさがむしろ刺激的だった。

肩の力を抜いて身を任せ、ファーストキスにしてはねっとりとした口づけを五分以上かけて交わした。カラオケボックスの扉の外から、店員が中をのぞき、ニヤッと笑って通り過ぎていくのが見えたけど、渉とのキスが信じられないくらい気持ちよくて止まらなかった。身体の芯がじゅくじゅくと熟れて、溶けてしまいそうだった。

渉の目当ては我が家の財産だと分かっていた。なんせ私は父に似て不細工だ。手足が太くて浅黒く日焼けした、丈夫だけが取り柄みたいな女である。小鼻は小鼻という名称で呼ぶのも恥ずかしいくらい大きく横に広がり、しかも鼻梁（びりょう）が短いせいで前から見ると鼻の穴が丸見えだ。下膨れで歯並びも悪い。目だけは母に似たらしく、ぎょろぎょろと大きい。それが逆にグロテスクな印象を与えていて最悪だった。

不細工な女が、顔の良い男を好きにできる機会はそうそうない。楽しめるものは楽しもうと思った。

私たちの関係は、濃厚に、かつ長く続いた。議員になってからは渉を秘書にした。渉は楽しいこと、気持ちのいいこと、都合のいいことしか受けつけない男だ。ちょっとでも仕事を頼むと、「うーん。それって、おれがやる意味、あるのかな」などと言ってくる。高校時代、父に厳しく言われて書道を習ったおかげで、宛名書きは上手にできた。だが彼にできるのはそれだけである。秘書としてはまるで役に立たなかった。だがそのころには、私の心と体は渉にすっかり依存していて、片時も離れたくないと思うほどだった。目を離すと、他の女と遊ぼうとする。だからいつも自分のそばにおいておく必要があった。

「おれは真実ちゃん一筋だよ。浮気なんてしようと思ったことがない」

と、渉はわざとらしく弁解するが、決して信用できなかった。私のような醜女とも寝られる時点で、相当な女好きだ。朗らかで羽振りが良くて、ルックスも良いから、友達も多かったし、いつも華やかな女の子たちに囲まれていた。

渉には前科がある。

私が大学生のころ、突然の休講で予定より早く家に帰ると、妹の優芽と同衾していたのである。私はその場で布団をめくりあげ、裸で抱き合う二人を白々と輝く蛍光灯のもとにさらした。渉のたくましい身体の上に、優芽の陶器のように白い身体がちょこんと乗っていた。美男美女、あまりに絵になる光景で、不思議と嫌らしさは感じられなかった。けれども、足元に乱暴に脱ぎ捨てられた服に視線を落とすと、情事の生々しさを鼻先に突きつけられた気がして、頭にカッと血が上った。

一体どういうことなのかと問いつめると、渉は真っ青な顔をして、「つい魔が差しただけ。今日が初めてだよ。マジで」と釈明した。

絶対嘘だと思った。

優芽は母に似て、色白できゃしゃな美少女だった。よく考えれば、遊び人の渉が放っておくはずがない。これまで何度も「そういうこと」をしていたのだろう。

「お姉ちゃん、ごめんなさい」と、優芽は目いっぱいに涙を浮かべて、何度も謝った。

優芽に対して怒りは全く湧かなかった。私たち姉妹はコインの表と裏のようなもので、見ている方向は正反対でも一心同体だ。ずっと一緒に過ごしてきたという絆があった。

母が死んだあとも、吝嗇(りんしょく)家の父は家政婦を雇わなかった。私たちには食費として一日三千円を寄越しただけだ。料理なんて私はしない。優芽は生まれつき身体が弱くて寝込んでばかりいる。だから私は三千円を握りしめて高級住宅地の長い坂を下り、コンビニで弁当を二人分買って帰ってくる。優芽はふんわりとした笑顔を浮かべて、「お姉ちゃん、ありがとう」と手を合わせ、小さい口で弁当を頬張った。

身内の私が言うのも何だが、優芽は菩薩(ぼさつ)というか、聖女のような子で、愚痴や不満を口にしたことがない。何が起きても、何を言われても「いいね」「そうだね」「ありがとう」しか言わない。深夜、熱にうなされる優芽の顔を蒸しタオルで拭いてやりながら、

「この子が長生きできますように」「私の寿命を少しでも分けてあげられますように」と祈ったことは数知れない。そんなことを微塵も気にせず、連日外で権力だ女だと、目の前にぶら下がるエサを追いかける父はケダモノのようだった。美都子さんが交通事故に遭って亡くなったときも、父はべろんべろんに酔っていた。

「心底軽蔑するわ」

と私が言うと、優芽は困ったように笑った。

「お父さん、今は忙しいんじゃないかな」

そういう子なのである。

だから優芽と渉の関係が露見したとき、優芽に対しては怒りや嫉妬よりも、心配が先だった。渉のような外見が良いだけの不潔な男が、優芽の清らかな肌に触ったのかと思うと、むしろそっちに腹が立った。

優芽は病弱な身体、無関心な父に散々苦しめられて生きてきた。だからせめてこれからは、誠実で決して浮気をせず、優しく気が利いて、裕福で仕事ができる申し分のない男に見初められて、何不自由なく幸せに暮らしてほしいと願っていた。

「今後、二人きりにならないように」と厳しい口調で命じると、優芽は「うん、絶対そうするから。本当にごめんなさい」とすがるように言った。渉はしぶしぶという感じで「分かったよ」と答えた。隙あらばまた優芽を襲うに違いない。私は一層警戒して、渉の行動を監視するようになった。

渉は基本的に優しい男だった。私が疲れていれば「どうしたの？」と眉尻を下げ、腕枕をしながら朝まで話を聞いてくれた。電話には出ないが、メールはマメだった。いつメッセージを送っても即レスしてくれる。必ず私の味方で、「真実ちゃんは悪くないよ」「大変だったね」「頑張ったね」と慰めてくれる。うちに出入りしている植木屋の親父は、渉のことを裏で男芸者と呼んでいた。叔母さんなんて、盆と正月に顔を合わせるたびに、「後妻の子は、お嬢の機嫌取りに忙しいわねえ」とこれみよがしにため息をついた。

だが渉に気にしている様子はなかった。幼いころから苦労を重ねただけあって、その程度ですり減るような細い神経をしていない。アッパレなほどにゲンキンで俗物だった。

プラダの新作シャツが欲しいときなど、夜の営みがぐっと丁寧になった。後ろから私を抱きすくめ、首元に向かって「綺麗だよ、最高だよ」とささやく。こっちの顔を見ないほうがお世辞を言いやすいから、そうしているのだろう。

「渉って、お金目当てだよね。お父さんが養子にしてくれないから、私と結婚してうちの財産をもらおうと思ってるんでしょ」

正面から訊いたこともある。渉はわざとらしく顔を真っ赤にして、

「そんなことないよ。真実ちゃんのこと、こんなに好きなのに」

と言って私にキスをする。肌を触れ合わせていればそのうちに私が肉欲に負けて大人しくなると知っているのだ。都合が悪くなると、すぐに甘い言葉とともに抱きしめて、誤魔化そうとする。

でも、そういうゲンキンで俗物なところが実に私にお似合いだった。何よりも気に入っていたと言ってもいい。相手が汚らわしい奴だと分かっているぶん、自分を偽ることなく気楽に過ごせたから。

父は渉のことを毛嫌いしていた。無能な男は弱さの象徴だから、渉を自分の息子だとは認めたくないようだ。自分にない美貌にも腹を立てていたのだろう。

肝臓の病気をこじらせて葉山の別荘にこもっていたとき、父は私をベッドサイドに呼びつけて、「窓を開けろ」と命じた。

裏庭に面した窓は北向きで、日当たりが悪い。けれども快適な部屋だった。部屋の扉と窓を開けると風の通り道が一直線にできて、涼やかな風が身体をなでるように通り抜ける。

あの日、私は父と向かい合うような姿勢で窓の下枠に腕をのせ、すぐ外にうっそうと茂るヤツデの葉を見下ろしていた。

「お前はヤツデみたいな女だな」ぶっきらぼうに父が言った。「たくましくって、日当たりの悪いところでも生きていける」

だから何？　と思ったが、口答えはしなかった。娘としてのわずかばかりの情けだった。

父の声はいつもより小さかった。普段はギンッと圧をかけてくる目が少し潤んで、きょときょとと動いている。クソ親父もそろそろ死にそうだな、と思った。

「別にお前の心配はしていない。だが優芽のことはくれぐれもしっかりと、面倒を見てやってくれ。あいつは世間知らずで、何もできないんだから」

言われなくても優芽の世話はするつもりだった。反抗的に「分かってるよ」と返すこともできたけど、殊勝な顔を作って「はい。分かりました」と答えた。

「そこのライティングデスクの上に、小瓶がおいてあるだろう。シアン化カリウムが入ってる。猛毒だ。護身用に持ち歩いていたが、おれはもう要らん。お前にやる」

香水瓶よりも一回り小さい、茶色遮光瓶（ちゃいろしゃこうびん）だった。密閉のためなのか、養生（ようじょう）テープが口元に巻いてある。

唐突な話に戸惑ったが、私は大人しくうなずいた。もらえるものはもらっておこうと思った。

父は満足げに微笑んで目を閉じた。疲れているらしく、そのまますうっと寝入ってしまった。よく考えると、父の穏やかな笑みを見たのはあのときが最初で最後だったかもしれない。一週間後、ろうそくの火がふっと消えるように父の寿命は尽きた。

父のことは嫌いだったけど、優芽を守るという一点だけは同じ思いを抱いていた。遺言のように父に託されたことで、より一層力が入った。

葬儀や納骨を終え、奥の間に設えた立派な仏壇に手を合わせると、これまでにないほど父に対する思慕の念が湧いてきた。何一つ父親らしいことをしなかったクソ親父だが、政界ではかなりの権力を握っていた。自分の父親だと思わずに、職業人生を走り抜けた一人の男と捉えると、なかなか立派な人間だったかもしれない。

父さん、優芽のことは任せてください。きっと守り抜いてみせます。

そう誓って、すぐに探偵事務所に電話をかけた。優芽に変な虫がつくといけない。優芽に近づく男がいたら教えてほしいと依頼した。

するとどうだろう。一カ月後、探偵事務所から二十ページに及ぶ調査報告書が届いた。シティホテルに入っていく男女の写真が何枚も添付されている。一人は、困ったような、照れたような笑いを浮かべる優芽だ。そしてもう一人は、どう見ても渉だった。私の前では着ないような、こじゃれたジャケットを着ていた。

二人の蜜月が続いていると知って、とてもじゃないが冷静でいられなかった。

探偵の調査によると、二人は週に二度、三度と会っていた。私が地元に戻っている金曜日の夜から火曜日の朝までの間に、密会を重ねているようだった。

調査報告書を丸めて、事務所の机を思いっきり叩いた。絶対に許せない。口からうなるような独り言がもれた。あの男、絶対に許さないんだから。

もう午後六時を回っていて、外はしのつく雨が降っていたけれど、私は手早く支度をすると車に飛び乗って葉山へ向かった。

最近渉は葉山の別荘に滞在することが多かった。体調が悪いとか、疲れがたまっているとか、色々な理由を述べていたけれど、本当は仕事をサボりたいだけだろう。私が訪ねていけば会えるから、放っていた。優芽がいる東京の自宅に渉をおいておくより、ずっと安全だという打算もあった。だが二人は毎週末、密会を重ねていたのだ。

大粒の雨が車の窓を叩き続けていた。別荘についたころにはさらに強まって、視界も不確かなほどだ。ぬかるんだ地面をヒールで踏み進みながら、絶対に許さない、と再びつぶやいた。乾いた声だった。むっとするような夏の夜の大雨で、不快でたまらないほどの湿度なのに。それでも私の身体の中には荒涼とした砂漠が広がっていた。真っ白い砂でできた清潔な砂漠だ。くるぶしまですっぽり砂に埋まっている。雲一つない空からカンカン照りの日差しを浴びて、ずっと遠くまで見通せる。見えるのに、足に砂がまとわりついて、歩いていくことができない。果てしなく続く乾いた世界。

みんな私を利用する。それは構わない。ギブ・アンド・テイクは政治の基本だ。金がほしいならそう言えばいい。くれてやる。だけど私にすり寄る以上、絶対の忠誠を誓ってもらわなくちゃ困る。可愛いね綺麗だねとお世辞を口にして金をむしり取り、それだけでなく、私の一番大事な宝物である優芽にまで手を出して汚してくる。言語道断だった。

玄関ポーチに傘を投げ捨てると、ワンピースのポケットに手を突っ込んだ。指先が小瓶にあたる。父が遺したシアン化カリウムだ。

私の道を、我が家の平和を邪魔する者はすべて排除しなくてはならない。他の植物を押しのけて根を張り、葉を広げるからこそ、ヤツデはしぶとく生き残る。

渉は面倒くさがりで、どうせ出迎えに来ないと知っているから、玄関のチャイムは鳴らさなかった。自分の鍵を取りだして扉を開ける。

「ただいま」

暗い廊下に声をかけると、寝室から「こっちだよー」と能天気な声がした。寝室の扉は少しだけ開いていて、短冊のように細い光が廊下に漏れている。

静かに部屋に入ると、父が死んだベッドに、渉はのんびりと転がっていた。

「おう、お疲れ。すごい雨だね」

頭の後ろで腕を組みながら、鷹揚に窓の外の闇を見上げる。

私は必死に怒りを抑えて、わざとらしくため息をついた。

「ねえ、聞いてよ」いじらしく口を尖らせる。「後援会長のお孫さん、小学校六年生なんだけど、私立中学の推薦入試で課題を出さなくちゃいけないんだって。それが、小説の一節を楷書で書き写すっていう内容でさ。漢字のとめはねとか、几帳面さとか、そういう部分を見る課題らしいの。それで、『あんたの秘書、字が上手かっただろ。代わりに書いてくれ』って頼まれちゃったの」

鞄から鉛筆と原稿用紙、それからパソコンで打った文字をプリントアウトしたものを取り出して、渉に渡した。

「えーっと、『私はもう人生に疲れました。仕事もうまくいかなくて、迷惑をかけてばかり。生まれ変わって、好きな人とやり直したいと思っています。』って。なんて文章を小学生に書かせるんだよ」

渉は苦笑しながらも身体を起こし、「よし」と言って、脇のライティングデスクに座った。他のことは何もできないけど、文字を書くのは好きなのだ。力強い文字を原稿用紙に書きつけた。「これでいい？」

「うん、ありがとう」

受け取った原稿用紙を一旦鞄の中にしまう。「助かったよ。後援会長からお礼にもらったワインがあるから、飲もっか」

「え、ツマミとか何もないけど？　出前で何か取る？」渉はスマートフォンを取り出した。

「お腹空いてないし、別にいいかな」慌てて付け足した。「最近太ったし、控えてるんだ」

「別に太ってないじゃん。むしろ痩せたよね？」

涉は不思議そうに目を丸くした。

これ以上何か言うと怪しまれそうだから、返事をせずにキッチンに向かった。ワインセラーから匂いが重厚な赤ワインを一本選び出し、キッチンの隅でグラスに注いだ。ポケットから小瓶を取り出して、片方のグラスに入れる。グラスを取り違えないように慎重に両手で持って、リビングルームに向かうと、渉はソファに脚を投げだして欠伸をしていた。

私はグラスをコーヒーテーブルに運んで深呼吸した。鞄から調査報告書を取り出して、渉の前にそっとおく。すべてを白状して、許しを乞うなら許してやってもいいと思っていた。

「何これ？」渉は首をかしげた。

「中、見てよ」私は冷たく言った。

渉は調査報告書をつまんで、ぱらぱらとめくった。即座に表情が曇った。だが次の瞬間には笑顔を作って言った。

「真実ちゃん、おいで」

手を伸ばして、私の腕をつかもうとする。私は身を引いた。

「どうしたの。すねてんの？　こんな嘘の書類作ってさ。俺が本当に愛してるのは真実ちゃんだけだって、真実ちゃんも分かってるでしょ」

渉には、真実ちゃん、真実ちゃんと私の名前を重ねて呼ぶ癖がある。他の人間は決して私を「真実ちゃん」などと呼ばないから、そう呼ばれると喜ぶと勘違いしているようだ。

「ねえ、機嫌直してよ」

渉は私の腰に横から腕を回し、首元に軽くキスをした。

「真実ちゃん、今日は泊っていけるんで――」

あのさ、とさえぎった。「あんたのことなんて、本当はどうでもいいんだよ。金で買える男はいくらでもいるんだ。面倒だから手近なところですませてるだけ」

言いながら、これは強がりだなと思った。渉との関係は長い年月をかけて抜き差しならないものになっていて、到底替わりがきくものではなかった。だがそれ以上に、優芽のことは大切だった。

「あんたが遊びたいなら遊べばいい。だけど、優芽に手を出すのはやめてくれない？」

「真実ちゃんは優芽ちゃんに対抗意識をもっているみたいだけどさ、気にすることないよ。確かに優芽ちゃんは綺麗だけど、真実ちゃんも――」

「はあっ？」思わず大きな声が出た。「対抗意識って何よ」

優芽を守るという使命を、単なる嫉妬と片付けられるのは我慢ならなかった。

「だって、そうだろう。優芽ちゃんに関することだけ過剰反応する」

背を丸めてうずくまり、苦しそうに咳をする優芽の姿を思い出した。熱に浮かされながら「お姉ちゃん、ありがとう」と言う優芽。いじらしくて、あどけなく、いたわしい。それを渉は汚したのだ。私を二重に裏切って。

どうしようもなく腹が立って、手が震えた。それでもなんとか気持ちを鎮めて、にっこりと渉に笑いかけた。

「もう疲れた。今日のところはまあいいや。ワイン飲もうよ」

毒入りのグラスを差し出すと、渉は何の疑いもなく受け取った。

そうだ、この人は私の強さを疑いもしないだろう。何度浮気をされても、妹と二股をかけられていたことを知っても、「まあいいや」と流せる強い女だと思い込み、ある意味、私を見くびっているのだ。

渉は一気にワインをあおった。「えっ?」と言った途端、咳(せ)き込みはじめ、苦しそうに喉元を押さえながら呆気(あっけ)なく死んだ。せっかくの綺麗な顔が苦痛で歪(ゆが)んでいる。目はおぞましく見開かれ、口は縦に長く伸びていた。叫んでいるようにも見える。いずれにしても、彼はすでに痛みから解放されている。良かったね、と思った。よくできた蠟人形のような死体、さっきまで渉だった物体をじっと見つめた。

私はびっくりするほど冷静だった。

鞄から先ほどの原稿用紙を取り出してコーヒーテーブルにおいた。ここは私の別荘だから、私の指紋がついているぶんには問題ないだろう。

自分のために用意したグラスをワインボトルの口にあて、慎重にボトルの中に戻す。これでワインの残量に矛盾が生じない。空になったグラスは洗って拭き上げ、食器棚に戻した。

急いで車に戻って、来た道を引き返す。森を出てすぐのところにあるペンションに向かった。一度ペンションを通りすぎ、空き地でUターンしてからペンション手前の側溝にわざとタイヤをはめた。

慌てた様子でペンションの扉を叩く。

「すみません。別荘に行こうと思ったんですけど、車をダメにしてしまって。この雨だと車を引きあげるのも大変なので、一晩こちらに泊めていただけませんか?」

私の足跡もタイヤ痕も、この大雨が全て覆い隠してくれる。

とっさに立てた計画は完璧だった。

2

ペンションでホットミルクを出してもらい、熱いシャワーを浴びて、何事もなかったかのようにシーツにくるまって寝ようとした。だが奇妙な胸騒ぎがして、珍しく寝つきが悪かった。エンジン音が近づいてくるような地響きがした。これ以上ないというほどに地響きが大きくなると、音のもとはすうっと離れていく。落ち着かなかった。それでも零時を回るころには意識を失っていた。

やはり疲れていたらしい。起きたときには九時近くになっていた。ペンションを経営する若夫婦が用意してくれた朝食をとり、食後のコーヒーをゆっくり飲んだ。

十時を過ぎてから腰を上げ、そしらぬ顔で別荘に向かった。渉の遺体を発見したらすぐに警察に通報するつもりだった。

かたちばかり玄関のチャイムを鳴らす。誰も出てこないと知っていた。すぐに鞄の中をまさぐって、鍵を取り出す。鍵穴に差し込もうとした途端、扉が内側からガチャリと開いた。

渉そっくりな人が、渉の服を着てそこに立っていた。渉が好んでつけているディオールの香水の匂いがした。

えっ、という声すら出なかった。

男は両腕を大きく広げ、私を抱きしめた。頬ずりをするように顔を寄せて、「真実ちゃん、おはよう」と言う。

私は身を固くして突っ立っていた。

男はそっと身体を離し、「暑いし、もう家に入ろうよ」と私の手を引いた。茫然としながら別荘に入って、中を見て回る。リビングルームに転がっているはずの渉の死体はきれいさっぱりなくなっていた。コーヒーテーブルの上においた原稿用紙も消えている。

「どうしたの?」

背後から男の声がした。「何か探してるの?」

心臓が口からとび出そうだった。おそるおそる振り返った。

「あなた、誰?」

何言ってんの、と男は笑った。「渉だよ。真実ちゃんのお兄ちゃんで、彼氏の、渉」

「あなたは渉じゃない。私には分かるよ。渉は面倒くさがりだもん。玄関のチャイムを鳴らしたって、出迎えにきたりしない」

「ひどいこと言うなあ」男は苦笑いを浮かべて、わざとらしく肩をすくめた。「今日は迎えにいきたい気分だっただけだよ。それとも、ここに渉がいたらおかしいって、真実ちゃんは知ってるのかな。どうしてかな」

男は後ろから私を抱きしめて、耳を甘噛みしながら「ねえ、したいんだけど」と言った。疑問は頭の中でもくもくと大きくなり、弾けたかと思うと、ぞっとするくらいの興奮が襲ってきた。破滅と快感は紙一重なのだろう。何もかもどうでもいいと思った途端、この男と激しく交わりたくなった。

結果的にこの男は渉ではないと分かったから、私の性欲も無駄ではなかったようだ。見た目も声も、本当によく似ているが、セックスが丁寧すぎた。私の顔をじっと見つめて「可愛い」「綺麗だよ」と言ってくる。本物の渉は残念ながら、そんなことしない。

汗まみれの裸で抱き合いながら、私は訊いた。

「それで、あなたは誰なの」

「変なこと言うなよ。渉だよ」

「しらばっくれなくたっていいよ。予想はついてるんだから。渉には双子の兄弟がいた。両親が離婚して、生き別れていたはずだけど。あなた、その片割れでしょ」

男はスッと暗い目をして、薄く笑った。それを誤魔化すように私を抱き寄せて唇に吸いついた。彼の大きい手が私の乳房をまさぐる。身体じゅうで男を感じているうちに、どうでもよくなってきた。

「別におれが渉でもよくない？　真実ちゃん、何か困る？　困らないよね。おれは真実ちゃんを裏切らないよ。尽くすよ。あのことは、おれたちだけの秘密にしておこうよ」

男は本当に丁寧に私を抱いた。身体の相性は良かった。とめどなく襲ってくる快感に身をゆだねているうちに、頭がもうろうとしてきた。

この男は渉。そういうことでいいやと思った。

何が起きたのか分からないけど、渉の死体は消えていた。死体が見つからず、同じDNAを持つ自称・渉がここで暮らす以上、私の犯した罪は発覚しない。私に損はないどころか、とても都合のいい取引だった。

新・渉は、旧・渉よりもずっと優秀だった。気が利いて優しい。電話にもすぐ出る。車道側を歩く。荷物を持ってくれる。秘書の仕事だってまともにやる。テキパキしていて、事務処理能力が高かった。旧・渉と同じ綺麗な顔をして、それでいて中身が良くなったのだから、良いことずくめだ。

新・渉に宛名書きを頼んだことがある。筆跡を見て偽者だと確信した。綺麗な字だったが、毛筆をやっていた者特有の力強い書き味ではなかった。すうっと冷めた気持ちになる自分に驚いた。自分で殺しておきながら、本物の渉に生きていてほしいと、心のどこかで願っていたのだろうか。

新しい渉は良い男すぎて、息苦しさを感じていた部分もある。完璧すぎてつまらないと言えば、贅沢だろうか。それでも彼がくれる甘い言葉や愛撫は、充分に私を満たし、有頂天にさせた。

渉とは片時も離れないようにした。地元に行くときも連れていった。パーティでも接待でも、常に同行させる。今度は絶対に浮気されたくなかったのだ。渉はさながら忠犬のように、私に付き従った。

以前の、出来の悪い渉のことは忘れかけていた。私の前で苦しみながら死んでいった男の一生を思うと、物悲しい気持ちに襲われることもある。けれども、あいつが約束を破るから悪いんだ、と開き直りたくなった。あれだけ優芽と距離を取るように言ったのに、私を裏切り続けていたのだ。

新しい渉は、優芽に一切興味を示さなかった。私の腰に手を回しながら、他人行儀に「優芽ちゃん、久しぶり」と言うだけだ。優芽は面食らったように目をぱちくりさせたが、何も言わなかった。不思議に思っても、それを吹聴してまわるタイプではない。疑問は胸にしまって、現状を追認して生きていくのが、彼女の生き方だった。

優芽につく悪い虫がいなくなったのは、本当に喜ばしいことだった。私はお見合い話をいくつも仕入れてきて、優芽にどんどん男を紹介した。身を固めてしまえば、変な男が寄ってくるのを防げると考えた。

ところが優芽は思いのほか頑固で、「とても素敵な人でした」と言いつつ、どの男に対しても首を縦に振らない。確かに男たちをつぶさに検討すると、もう少し身長が高かったら、年収が高かったら、頭髪が豊かだったら、といった不満はあった。優芽にはもっとふさわしい男がいるはずだ。見合いが不調に終わるたびに、もっと良い男を探してやらなくてはと思いを新たにした。

　すべては上手くいっているはずだった。

　しかし渉の入れ替わりから三カ月が経ったころから、どことなく違和感を抱くようになった。渉と私が連れ立って歩いていると、優芽がジトッとした視線を向けていることがある。私が渉から数メートル離れていると、優芽の目は渉に釘付けになる。熱っぽい乙女の視線だった。

　優芽は遠慮がちに言ってきたことがある。

「最近、渉お兄ちゃん、変わったよね。心を入れ替えたというか、仕事も真面目になったし。もしかして、そろそろ結婚とか、そういう話があるのかな？」

　目を伏せながら、ため息をついている。探りを入れてきているのだと分かった。

　それで急に、自らの誤解に思い至った。

　渉が一方的に優芽を追いかけて、たぶらかしていると思っていた。けれども優芽は優芽で、渉に恋をしていたのだ。

　そういえば――裸で抱き合う二人を発見したときのことを思い出した。渉の身体の上に、優芽が乗っていた。嫌々手籠めにされたのだったら、そういう体勢にならないはずだ。二人は相思相愛だったのだ。だが我が家で権力を握る私の手前、大っぴらに交際することはできない。渉は表面上私の機嫌を取りつつ、裏でこそこそ優芽との関係を続けていくつもりだったのだろう。

むくむくと怒りが再び湧いてきた。どこまでもこちらを馬鹿にした男だ。目の前で優芽は、おどおどと視線を泳がせる。その様子を見て、心臓がぎゅっと握りつぶされるような衝撃を受けた。そうだ、私は、全幅の信頼をおいていた妹に裏切られたのだ。働く気力も能力もない優芽のために、生活費は全て私が出していた。旅行の予約一つ自分ではとれない。車も運転免許も持っているけど、ほとんど運転しようとしないから、買い物に行くときだって、私が運転手を手配してやっていた。ありとあらゆる面倒を見てきたのに、この仕打ちか。

従順だったからこそ、マイナスの感情を抱かずにすんでいた。私よりずっと美人で、モテて、ちやほやされている優芽を見ても、嫌な気持ちにならなかった。だけど私を裏切るのなら話は別だ。

心の中に、ひどく乾いた風が吹いた。きりきりと刺すように胸が痛んだ。

「知ってると思うけど、渉と私はずっと付き合ってるから」皆があえて口にしないことを、威嚇するように優芽に言った。「渉は私にぞっこんで、結婚するつもりでいる。だからさすがに渉も心を入れ替えたんじゃないかな」

優芽はまぶたをきゅっと閉じて、あからさまに傷ついた顔をした。ざまあみろと思った。この女を殺したりはしない。ずっと私のそばにおいて、渉と私の仲睦まじい姿を見せつけてやる。

優芽に宣言した手前、渉と結婚しようと思った。だが結婚相手として改めて渉を見ると、どことなく胸騒ぎがしてきた。

芸能人やスポーツ選手と付き合う「プロ彼女」と呼ばれる存在がいる。容姿端麗で料理や家事も得意。気遣いができて、面倒を起こさない。完璧な職業的恋人である。渉もその男版なのだろう。

しかし、一体何のために？

これまでなあなあでやりすごしてきたけど、渉の素性や目的が急に気になってきた。一度気になりだすと、渉は得体のしれない不気味な男に思えてくる。顔に張りついた笑顔も仮面じみていたし、愛の言葉も上滑りしている。

そこで私は再び探偵を雇って、旧・渉の双子の兄弟のことを調べさせた。

旧・渉が生き別れた兄弟は、江藤覚（えとうさとる）というらしい。父と二人、貧しく寂しい幼少期を過ごしたようだ。高校卒業後、アルバイトを掛け持ちしながら通信制の大学を卒業している。実父との関係は険悪で、何年も口を利かず、実父がすい臓がんで入院したときも一度も見舞いに現れていない。葬式ではかたちばかり喪主を務めたが、墓守をする気はないらしく、寺に頼み込んで父の遺骨を無縁墓に入れてもらっている。

実家を売り払った金で、西東京市に小さいマンションを購入した。知り合いのつてをたどって海外雑貨の転売業を始め、小銭を稼いだこともある。だがその事業もそのうち立ち行かなくなり、マンションは売り払った。引越しの日雇いバイトや宅配ドライバーの仕事で食いつないでいた。

私の前に現れたのは、ちょうどそんな時期だ。

金がなくて困っていたのだろう。自分の双子の兄弟は、どこでどんな暮らしをしているのか気になって調べたところ、運よく資産家の一員となり、のんべんだらりと暮らしている渉の存在に行きついた。自分がそうなっていてもおかしくなかったのにと、歯ぎしりしたに違いない。

渉を訪ねて金を無心するつもりだったのかもしれない。ところがいざ訪ねてみると、渉は変わり果てた姿になっていた。チャンス到来と思ったことだろう。覚は入れ替わりを計画した。渉の死に顔でスマートフォンのロックを解除し、パスコードを変更してしまえば、スマートフォンの中身をのぞける。知人友人とのやり取りを見て、渉の性格や言動を再現しようとした。メールはマメな渉のことだから、玄関チャイムが鳴ったら出迎えにいくと思ったのだろう。実際は、それがむしろ不自然だったのだが。

渉の死体はどうしたのだろう。深い森に抱かれた別荘だから、裏山に穴を掘って捨てればすむ話なのかもしれない。私では絶対無理だが、成人男性なら車を使えば一人でも実行可能だ。

夜、隣ですやすやと眠る渉、もとい覚の横顔をまじまじと見た。

穏やかで綺麗な顔をしている。その裏で、触れたら火傷するような熱量がうずまいているのかと想像すると、背筋が寒くなると同時に、どうしようもなく嬉しくなった。自分以上に上昇志向が強く、なりふり構わない人間を初めて見た。

なあんだ、私たち、お似合いじゃん。

ホッと心がくつろいだ。完璧すぎる男は息がつまる。このくらい歪な人間のほうが接しやすいと思った。

こっちには金も権力もある。プロの恋人として付き従ってくれるなら、以前の渉のように、下手に人間くさく他の女にも手を出して、私をぞんざいに扱う男よりもずっと良い。

私たち、結構いいコンビになるんじゃないの、と心の中でつぶやきながら、覚の首元にそっとキスをした。薄目を開けた覚は、私を優しく抱き寄せた。

3

私たちの結婚式は盛大に行われた。老舗ホテルの一番大きいバンケットルームを貸し切りにして披露宴をした。大物政治家たちも来賓として出席し、沢山の花と祝電が届いた。プロのダンサーが余興として登場したし、出てきたフレンチコースはホテルでも最上ランクの特別なものだった。

百万円以上するクチュールドレスを着て、プロのヘアメイクを施しても、私は大して綺麗ではなかった。無理をしている感じが痛々しく見えるのではないかとすら思った。実際に、私を見た叔母さんは「あら、まっ、綺麗にしてるのね」と含みのある誉め言葉を口にした。

金と権力で見栄えの良い男を捕まえた醜女だと、招待客も裏で笑っているかもしれない。地味な着物を着て親族席に控えめに座る優芽のほうがよほど際立って美しかった。でもそれでもいい。優芽は何も手に入れず、私は手に入れた。それが現実だ。

渉は私の隣で完璧な笑顔を浮かべていた。仮面のように張りつけた表情の下に冷たい打算が潜んでいることに、私はむしろ安心した。

この男を一生大事にしようと思った。彼が私に忠誠を誓い、プロとして尽くすかぎり、私も彼に与え続けよう。私たちはそういう取引関係だ。だけどそれって、愛と何が違うんだろう。私たちは互いを必要としていて、互いを大事にしている。まさに愛ではないか。

結婚式のあと、私たちは二週間のハネムーンに出かけた。ヨーロッパを周遊して、ドイツで買った木彫りの人形や、ヴェネツィアで買ったガラス細工、ミラノで買った鮮やかなシルクスカーフなど、お土産をたくさん抱えて帰ってきた。すべて優芽に渡すものだ。幸せを見せつけてやりたかった。

私たちの入籍を機に、優芽は別荘に引越していた。

「ここは優芽ちゃんのお家なんだから、いつまでいてもいいのよ」

つとめて優しい口調で言ったが、優芽は遠慮がちに断った。

「お姉ちゃんたち新婚さんのお邪魔虫になりたくないもの」

仲睦(なかむつ)まじい姿を見せつけてやりたかったから、「そんな水臭いこと言わずに。優芽ちゃんと離れ離れになるの、嫌だもん。これからも一緒に住もうよ」と言った。

だが優芽は頑として引越しを譲らなかった。それだけ切実に、渉のことが悔しかったのだろう。もともと華奢(きやしや)だったのに、最近は食事も喉を通らない様子で、日に日にやつれていた。

ざまあみろ、ざまあみろ、ざまあみろ。心の中で唱えると、気持ちが高揚した。

帰国早々、お土産を車に乗せて葉山に向かった。少し開けていた窓から雨の匂いがただよってきたと思ったら、しとしとと小雨が降りだした。窓を閉めて、鼻歌を歌いながら車を運転した。本当は渉と一緒に来たかったけど、渉は珍しく熱を出して寝込んでいた。

「せっかくだから行っておいでよ」

と言うから、あとのことは通いの男性看護師に任せてきた。

優芽は、どこか疲れた様子で私を出迎えたが、渉がいないことに気づくと、ニッコリと笑った。

「嬉しいわ。お姉ちゃんと一度、ゆっくり話したいと思っていたの。ほら、渉お兄ちゃんったら、いつもぴったりお姉ちゃんにくっついているからさ。なかなか、お姉ちゃんとゆっくり話す機会、なかったでしょ?」

南フランスで買ってきた赤ワインを開けて、二人で乾杯した。

外の雨は本降りになってきた。カーテンを開けていても、リビングルームはすすけたように薄暗かった。

控えめなランプの光に照らされながら、優芽は微笑んだ。

「あの晩も、こんなふうに雨が激しかったでしょう」

何を言われたのか、すぐには分からなかった。目を細めて優芽を見つめる。顔の片側だけが明るくて、もう反対側は別人のように暗い。表情が読めなかった。

「ほら、お姉ちゃんが渉お兄ちゃんを殺した夜だよ」

え、と言おうとしたが、声が出なかった。

「私、知ってるんだよ。死体を発見したの、私なんだから。あの晩、お姉ちゃんに隠れて渉お兄ちゃんに会いに行ったんだ。珍しく車を走らせてね。そしたらお兄ちゃん、死んでた。すぐに分かったよ。お姉ちゃんのせいで死んだんだって」

「ちょっと待ってよ」上ずった声が出た。「何の話をしてるの？」

証拠は残っていないはずだ。優芽が渉の死体を発見したとして、殺したのが私だって、どうして分かる。

だが目の前の優芽は、仔細(しさい)ありげな笑みをこちらに向けている。背筋が凍った。この女はすべて知っているというのか。

だが、一体どうして？

「お姉ちゃんのせいだよ」優芽はダメ押しするように重ねて言った。「お姉ちゃんのせい。それはさすがに私、恨んでもいいよね。私さ、渉お兄ちゃんのこと、好きだったんだよね。男として……」

物憂(ものう)げに視線を伏せながら、ワイングラスに口をつけた。赤い液体が一筋、優芽の口元から艶(つや)やかに垂れた。

「だから何を言ってるの。渉ならいるじゃん。このあいだ結婚式だってした」

フフッと、子供を慈(いつく)しむように優芽は笑った。「別にそういうことにしておいてもいいけどさ。でもさすがにお姉ちゃんも気づいてるでしょ。渉お兄ちゃん、あの人ほど優秀じゃなかったし。あの人は覚さんだよね」

探るような視線をこちらに向けてくる。私は目を見開いたまま、慎重に言葉を選んだ。

「渉が死んでいるとして。どうして私のせいってことになるの？」

少しでも情報を聞き出したかった。

「お姉ちゃん、まだ分からないんだ」優芽は呆れたように笑った。「渉お兄ちゃんの気持ちに、お姉ちゃんが全然気づかないからだよ。だからお兄ちゃんは苦しくなって自殺したんだよ」

渉の気持ち？

優芽の言っていることはいまいち分からなかった。だが「自殺」という言葉を聞いて、胸の内に安堵が広がった。優芽は私が殺したとは思っていない。私が原因で、渉が自殺したと勘違いしているようだ。余計なことを口走って墓穴を掘らなくてよかった。

「渉お兄ちゃんの死体は、私が処分した。というか、覚さんに電話して、処分してもらった。覚さんは優秀だから、抜かりなくやってくれたよ」

「どういうこと？」疑問が頭を駆け巡る。「覚と優芽ちゃんはもともと知り合いだったの？」

「そうだよ。渉お兄ちゃんが手に入らないと知ってから、双子の片割れを探したんだ。顔のよく似た別人でもいいやって、やけっぱちな気分で。実際に会ってみると、野心ギラギラなことをのぞいては良い人だったし、姿かたちは渉お兄ちゃんそっくりだし、覚さんでもいいやって思って付き合った。でもお姉ちゃん、そのことは知ってたよね。探偵に頼んで、私と覚さんの密会現場の写真、手に入れてたもんね」

「……待って」混乱の中で、声を絞り出した。「渉と浮気してたんじゃないの？」

優芽と並んで歩く、渉そっくりな男の姿を思い出す。私の前で渉が着たことのない、洒落たジャケットを着ていた。

もしかして、あれは——。

「ははは、お姉ちゃん、何言ってんの。渉お兄ちゃんはお姉ちゃんにぞっこんだったじゃん。私が何度誘っても、振り向いてくれなかったよ。駄々をこねて押し倒したときだって、逃げようとしてた」

優芽はゾッとするほど冷たい視線をこちらに投げかけた。

「お姉ちゃんって、私の欲しいものを全部奪っていくよね。お父さんの期待も、渉お兄ちゃんも、挙句の果てに覚さんも。渉お兄ちゃんが自殺してるのを見たとき、これはチャンスだと思ったんだ。こっそり覚さんと入れ替わってもらって、そのまま覚さんと結婚しようと思ったの。意地悪い気持ちでさ。お姉ちゃんに仕返しをしたかったんだ。私にだって、少しはお姉ちゃんに勝てるところがあるんだぞって、アピールしたかった。今思うと、幼稚だけどね。なるべく隠してきたけど、私にもそういう嫌なところがあるんだよ。でも結局うまく行かなかった。覚さん、上昇志向が強いから。我が家で誰に媚びを売ればいいか、すぐに分かったんだろうね。私よりもお姉ちゃんを選んだ。みんな自分勝手だよね。自分が生き延びるのに必死で。私はお姉ちゃんに完敗。でも今はちょっと清々してるんだ。お姉ちゃんと張り合っても仕方がないし、小さいころからお姉ちゃんはずっと私のそばにいて、いつも助けてくれた。恩をあだで返すようなこと、しちゃいけないなって、本当に思ってるの」

ふう、と息を吐いて、優芽は心の底から私を慈しむような優しい目を向けてきた。絵本に出てくる母親の見本みたいな微笑みだった。

「これからは私がお姉ちゃんを支えるからね。二人でゆっくり話せてよかった。お姉ちゃん、落ち込んでるだろうと思って。心底お姉ちゃんを愛していた渉お兄ちゃんを失って、安っぽい偽者と暮らしていかなくちゃいけないんだから」

「心底私を愛していた？」視界が狭まっていくのを感じながら、低い声で訊いた。「渉は私を愛してたの？　本当に？」

「そりゃそうだよ。お姉ちゃんを最初に見たときから、渉お兄ちゃんの目はハートになってたよ。渉お兄ちゃんは強い女の子がタイプなんだろうね。ずっと近くで見てたから、私、分かる」

どうせお金目当てだろうと問いつめたとき、渉は「そんなことないよ。真実ちゃんのこと、こんなに好きなのに」と顔を赤くした。渉は繰り返し「愛している」と言った。

「可愛い」とも「綺麗」とも。あれはもしかして本音だったのか。渉は浮気をしていない。優芽との関係もない。すべてが私の思い違いだったとしたら。

「悲しいよね。でも大丈夫、私たちは生きていけるよ。お父さん、言ってたもん。うちはヤツデの一家だって」

ピカリと光ったかと思うと、地響きのするような雷鳴がとどろいた。

その瞬間、膝の力が抜けた。その場に崩れ込み、うわあああんと声を上げて泣いた。泣いても泣いても、泣き声は窓を叩く雨音に吸い込まれ、なかったことにされてしまいそうだった。だから私は一段と声を張り上げた。窓の外に今でも茂っているはずのヤツデ、大雨に打たれてもなんてことない顔で葉を広げているだろうヤツデが、うらめしかった。

大代行時代

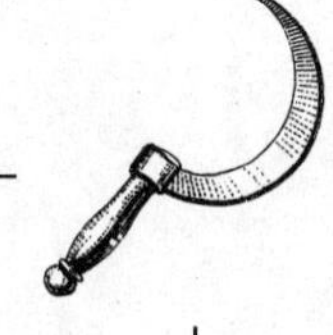

結城真一郎

いつの間にやら「近頃の若いやつは……」と言われる側から言う側に回っている。普段から殊更に意識しているわけではないけれど、季節が廻り、年度始まりの四月を迎えるたびに、そこはかとない焦燥感がせり上がってくる。仕事のこと、結婚や出産のこと、ひいては人生設計そのものについて。社会人八年目、齢三十。二〇一六年に新卒でいなほ銀行の一般職として入行し、ここ武蔵浦和支店が三か店目。気持ちだけはいつまでも若輩者のつもりでいたけれど、これはもう正真正銘の中堅だ。事実、いまはいくらか役職も上がり、新人の指導員を任されるまでになってしまった。

今年、うちの支店に配属された新人は二名。一般職の内海さんと、総合職の猪俣くん。私は後者の指導担当で、お客さま対応のいろはから日々の雑務の類いまで、教えるべきことは枚挙に遑がない。

支店での二人の立ち振る舞いは、まるきり正反対だった。ちゃきちゃきしていて、いつも愛想がよくて、わからないことがあればすぐになんでも訊いてくれて、なにかと気が利く内海さんは誰からも愛される期待の新人なのに対し、猪俣くんはというと、どことなく覇気がなくて、言われたことしかやらなくて、なんなら言われたことすらままならないこともあって、そのくせ定時になるといの一番に席を立ち、蚊のなくような声で「お疲れ様です」と呟きながら姿を消してしまう。

――Z世代ってやつだな。

配属から数日が経った頃、支店長室で猪俣くんのこうした〝生態〟を報告すると、支店長は他人事みたいにゲラゲラ笑っていた。いや、笑い事じゃないんですけど、とんだ貧乏籤じゃないですか……と内心不平を漏らしつつ、そういうものなのかな、とも思ってしまう。出世よりも自分らしい生活が第一で、定時には帰宅し、有給休暇はフルで取得。他人の生き方をとやかく言うつもりはないけれど、少なくとも七年前の自分はそうじゃなかったと断言できる。できるだけ高い評価を会社から得たいと思っていたし、自分から進んでやるべき仕事を探していたし、なんの戦力にもなっていない自分が真っ先に帰っていいのだろうか、しれっと休暇を申請してもいいのだろうかと常々気にしていた。それが新人としての、いや、社会人としてのあるべき姿だと思っていたし、その考えはいまも変わっていない。

もちろん、猪俣くんにとって少々窮屈な環境だというのは認める。スタッフさん、警備員さんを含め二十人にも満たない小規模な支店ながら、九割以上が女性職員という完全なる女社会で、しかも圧倒的な末席。悪目立ちしないよう縮こまり、本来の持ち味が発揮できなくても、ある程度は仕方ないと思う。でも、有名大卒のいわゆる〝エリート〟なわけだし、総合職は一般職の私たちとは比べものにならない——なんなら八年目の私と同額かそれ以上の給料をもらっているんだから、もっとしっかりしてよ、という思いも払拭できない。

——まあ、いろいろ難しいと思うけど、引き続き頼むよ。

内海さんと違い、総合職の猪俣くんは一年もしたらどこかの法人営業部に異動することになる。その意味では、ほんの短い間の付き合いだ。正直、彼がどんな社会人になろうが知ったこっちゃないのだけど、仮にも指導員を仰せつかった以上、やっぱり気にかけないわけにはいかない。そんなんじゃこの先やっていけないぞ。少しは配属同期の内海さんを見習いなさいよ。そう活を入れたくなってしまう。

——このたび、内海さんが退職することとなりました。

課長からこの一報がもたらされたのは、つい先週のこと。

新人がなんの前触れもなく辞めてしまうのは、別に珍しいことではない。中でもゴールデンウィーク明けは最初の山場で、入社以来張り詰めていた緊張の糸がぷつんと切れ、そのまま退職を願い出るのはままあること。御多分に漏れず、内海さんもゴールデンウイーク明けから突如出勤しなくなり、たぶんそうなるだろうな、と薄ら予感はしていたのだけど、なにより驚いたのは彼女が退職代行を利用したという事実だった。

——まったく、近頃の若いやつは。

なにかの折に、支店長が自席で漏らしているのを耳にした。

そして、これに関しては私もまったくの同感だった。

退職代行というのは、読んで字のごとく、労働者本人に代わって弁護士や代行業者が会社に退職の意思を伝え、まつわるいっさいの手続きを引き受けてくれるサービスである。上司に自ら申し出る必要がなく、会社とのやりとりも丸投げできるので、一定のニーズがあることは理解できる。ただ、そのいっぽうで「それは人としてどうなの？」と思ってしまう自分もいる。もちろん、中にはパワハラやセクハラを受け、もう二度と上司の顔を見たくない、という事情を抱えている人もいるのだろうけど、内海さんがそれに該当していたとは思えない。仁義を切らず、単に横着したように見える。これだから近頃の若いやつは……と感じてしまう私は、やはりもう古い人間なのだろうか。

それはさておき、内海さんの退職によって私の日々には一つの変化があった。

朝九時の開店から午後三時の閉店までの間、気付けば背後に人の気配がするようになったのだ。じりじりと焦がれるような視線をうなじのあたりに感じつつ、五秒、十秒と無視を決め込んでも状況はいっこうに変わらず、やがて根負けした私は毎回こう言って背後を振り返るのだ。

「どうしたの、なにか質問？」

予想通り、今日も立っていたのは猪俣くんだった。律儀に七三に分けられた頭髪、いささかシンプル過ぎる野暮ったい黒無地のスーツ、胸元につけられた名札、そのどれもがまだ板についていない。唯一「研修中」と書かれた蛍光色のバッジだけが燦然とその存在を誇示している。

「え、あ、はい……」

一命を取り留めたかのようにホッと眉を下げ、猪俣くんはおずおずと手元の用紙を差し出してくる。

「印章変更の手続きなのですが、印鑑を紛失してしまっていて、しかも住所も変更があるみたいで……」

「ああ」

たしかに煩雑な手続きであることは認める。住所変更と喪失改印――一つひとつはどうってことない作業だけど、それが同時発生となると、まだ窓口に出たての新人くんにはいささか荷が重いと思う。

「記入してもらった？」

「はい、いちおう」

「見せて」

申請用紙を受け取り、検証すべき箇所に目を走らせつつ、どんよりと濁った溜め息をつきたくなる。まったく、どうして自分から声をかけられないのだろう。あのまま私が振り返らなければ、いつまでもああして突っ立っているつもりだったのだろうか。

「ここに、チェックマークを入れてもらって」

「あ、そうか」

慌てた様子で猪俣くんはスーツの胸ポケットからボールペンを取り出す。

「ダメ。いちおう、お客さんの直筆で」

「あ、そうですよね」

一般職と総合職とでは、支店配属の時期が微妙に異なっている。新人研修の長さが違うからで、一般職は四月中旬、総合職は四月下旬になるのが通例だ。それを踏まえ、だいたいどの支店でも一般職のほうが早く窓口に出るのだけど、うちの支店は内海さんが早々に辞めてしまったため、通常よりも前倒しで猪俣くんが窓口業務を任されるようになったのだ。

そして明らかになったのが、この新たなる〝生態〟である。

自ら質問しない。

こちらから水を向けるまで延々と背後に佇（たたず）むだけ。

初めは「なんなの？　質問があるなら早く訊いてよ」とイライラしっぱなしだった。社会人としてそれはマズいんじゃないの、という親心が半分、忙しいんだから余計な手間をかけさせないでよ、という憤りが半分。

そんなわけで、少し前にあえて無視を貫いたことがある。背後に佇んでいることを承知していながら、ただただ自分の作業に没頭していたことが。別に、意地悪をしたいわけではない。いや、その気が微塵もなかったかと問われるとやや怪しいのだけど、少なくとも指導の一環のつもりではあった。そして結果的に、延々と待たされ続けたお客さんが業を煮やし、窓口で激怒する事態に発展してしまったのだ。

これには「マジかよ……」と怒りを通り越して呆れるしかなかった。こうなることは予想できたでしょ。そうなる前になんで質問して来なかったのよ。仮に「そんなことといちいち訊いてこないで」って叱られたとしても――まあ、私はその程度のことで叱ったりはしないけど、もしそうなったとしても、窓口のお客さんを第一に考えるべきでしょ。というか、こういう事態になるほうが比較にならないくらい怒られるでしょうに。

以来、私は不承不承振り向き、手取り足取り教えるようにしている。

新人の成長を見守るのも大切かもしれないけれど、やはり最優先すべきはお客さまだ。

「ありがとうございます」

ぼそぼそと礼を口にし、背中を丸めて窓口へと戻っていく猪俣くん――その後ろ姿を見送る私の胸には、もやもやとした疑念が立ち込めている。別に大した話ではないと言ってしまえばそれまでなのだけど、一度気付いてしまったが最後、それはしぶとい油汚れのように拭っても拭いきれないのだ。

なぜ窓口が開いている間だけなんだろう。

それ以外のときはどうしているんだろう。

新人なら毎日、それこそ毎分毎秒のように疑問と直面するはずなのに、この支店には誰一人として彼から質問を受けた人間がいないのである。唯一の例外が指導員であるこの私なのだけど、それだって九時から三時までの営業時間中限定——しかも、いまみたいにこちらから促すことでやっとこさ、という具合だ。

もちろん、なんでもかんでも訊かれるまで教えないわけではない。キャビネットの施解錠の順番だとか、防犯カメラの起動ボタンの位置だとか、警備会社への現金引き渡し手順だとか、ATMに不具合が生じた際の対処法だとか、営業端末の操作方法だとか、新人がやるべきこと、体得しておくべきスキル等はむしろ積極的に教えている。とはいえ時間には限りがあるし、当然そのすべてを伝えきれてはいない。そうして網の目から零れ落ちた些細な疑問は、営業時間中か否かを問わず、いくらだって湧いてくるはずなのだ。

それなのに、猪俣くんはまったく質問をしてこない。

むろん、人の手を借りずとも解決できるならそれに越したことはないし、ある意味では手がかからないと言えるのかもしれない。

でも、あの猪俣くんが？

ありえない。なんで？　どうして？

小首を傾げつつ、今日も今日とて、私は窓口から回ってくる書類の山に忙殺されていくのであった。

＊

「たしかに、奇妙だね」

私の愚痴を聞き終えると、向かいに座る香奈子はふっと鼻を鳴らし、テーブルに頬杖をついた。赤らんだ頬にはらりと前髪がかかり、それを払いのける仕草が妙に色っぽい。

「でしょ？」

「うん」

頷きつつ、香奈子は「すいませーん」とねじり鉢巻きの店員を呼び止める。

その日の退勤後、私は大学時代の友人である彼女と二人で、赤羽駅前の赤提灯系居酒屋に来ていた。同じサークルで、学部も同じで、常に行動を共にしていて、互いの恥を知り尽くしている、いわゆるマブダチというやつだ。ここ二年ほどはやや疎遠になっていたのだけど、先月久しぶりに香奈子から誘いを受け、いまでは金曜日になるとこうして毎週のように飲んだくれている。

追加のビールを注文し終えると、香奈子は再び頬杖の姿勢になった。

「その猪俣くん、だっけ？　完全にモンスター新人じゃん」

「まあ……」

最近ネットなどでよく見かける言葉だ。こんな新人が入ってきた、こんな信じられない言動をとったなどなど、エピソードには事欠かない。もちろん、多少の脚色はあるのだろうけれど、そうした記事を目にするにつけ、最近の若いやつは……と思ってしまう自分がいる。そうして自分の歳を、あるいは老いを実感することになる。

「でも、別にいまのところはなんとか成り立ってるんだよね」

「そこが摩訶不思議（まかふしぎ）」

お通しの枝豆を口に放り込むと、香奈子は腕組みの姿勢になる。

彼女の言う通り、そこが私もわからなかった。

自分の新人時代の記憶というと、先輩に質問をしている姿しか思い浮かばないし、それはなにも窓口での手続きに関するものだけではない。いや、むしろそれ以外の疑問のほうが圧倒的に多かった。コピー用紙は倉庫のどこにしまわれているのか、どの書類をシュレッダーにかけるのか、ゴミはどこに出せばよいのか、休暇申請はいつどのタイミングですべきで、研修参加の際の交通費は都度精算なのか一括精算なのか——確認事項が無限に湧き出してきたのを覚えている。窓口の手続き関連はイントラにすべて手引きが載っているものの、そうではない支店独自のルールだって山ほどある。なんなら、後者はどこにも情報が掲載されていないので、知っている人間、つまりは支店の先輩に尋ねる以外に解決策はないはずなのだ。

なのに、猪俣くんはそれをしない。窓口で小難しい手続きに直面したときだけ背後にやって来て、お願い気付いて……と訴えかける視線を寄越し、それ以外の時間はひたすら自席でパソコンの画面と睨めっこ。そのくせ、いまのところ支店の独自ルールに抵触するような行為はなに一つ行っていない。ありがたいと言えばありがたいのだけど、なんとなく腑に落ちないのも事実だった。

「こっそりあんた以外の誰かに訊いてるんじゃないの？」

ほら、あんたってちょっと無愛想だしさ、と香奈子が茶化してくるが、その可能性は私も既に検討していた。

「いや、たぶんない」

この〝生態〟が発覚して以降、毎日それとなく目を光らせているけれど、彼が自分から誰かに話しかけている姿は一度も見ていないし、食堂や更衣室で一緒になった同僚に確認してみても、皆一様に「質問？　たしかに、されたことないね」と口を揃えている。

「あるいは、気心の知れた他の支店の同期に社内チャットで訊いてるとか」

「その可能性はあるけど、でも、支店ごとにルールは違うし」

「そっか」

「まあ、別にいいんだけどさ」

吐き捨てるように言い、残りのビールを飲み干すと、折よく追加のビールが届いた。

「それより、内海さんだよ」

「内海さんって……例の辞めちゃった子？」

「そう。退職代行とか、さすがにありえなくない？」

酔いの勢いも手伝って、次から次へと悪態が零れ落ちる。同時に、口を開けば会社や後輩の愚痴しか出てこない、そんな自分に嫌気が差す。

まあねえ、と苦笑しつつ、でもさ、と香奈子は居住まいを正した。

「なにがしんどいことかは、人それぞれじゃない？」

「え？」

「その内海さんにとっては、退職を申し出るのが耐え難いほど辛かったんじゃない？」

「まあ、それはそうかもしれないけど」

大学時代は人の噂話と粗探しと悪口が大好物だった香奈子にしては、しごく控えめというか、だいぶ大人びた意見だった。たしかに、自分から会社に退職を告げるのは覚悟がいることだと思う。いまのところその気はないけれど、いざそういう場面になったら、私だって何日も逡巡するに違いない。

「それに、いまってある意味〝大代行時代〟なわけじゃん」

「だいだい……なんて？」

店内の喧騒のせいで、よく聞き取れなかった。

「大代行時代。大航海時代、的な」

「ああ」

なんと言ったのかはわかったけど、その意味するところは判然としない。

無言で先を促すと、彼女はこう続けた。

「ほら、最近よくあるじゃん。ファスト映画とか、動画切り抜きとか、ドラマのあらじ三分まとめとか。あれだって、見方によっては代行でしょ？」

「まあ」

たしかに……と、これには頷かざるをえなかった。なんせ、自分で観る時間のない人に代わって第三者が視聴してくれて、その内容やポイントを示してくれるのだから。

「ウーバーイーツとかもそう。店に代わって、注文者に代わって、他の誰かが配達してくれるんだし」

「うん」

「それに、最近は読書感想文とか自由研究の代行まであるみたいだし」

それは私も聞いたことがある。そんなことまで商売になるのかと驚いたし、そんなのアリ？　と思わないこともないけれど、たしかに香奈子の言う通り、いまこの世は〝大代行時代〟真っ只中なのかもしれない。

「でも、それってどうなの？」

別に香奈子が悪いわけではないけれど、なんとなく喧嘩腰になってしまう。

両親が共働きで、小学校低学年の頃から鍵っ子だった私は、なにもかも自分でこなすことが当たり前だと思って生きてきた。誰かに頼るとか、丸投げするとか、そんな甘えは許されない。そういう考え方が、骨の髄まで染み渡ってしまっている。

「宿題代行とか、退職代行とか、さすがにナシじゃない？」

半ば問い詰めるように言うと、香奈子は困ったように眦を下げた。

「まあ、線引きが難しいよね。だって、家事代行なんかは最近かなり増えてきてるわけだしさ。家事はよくて、宿題や退職はダメ――感覚的にはわかるけど、それがどうしてなのかを突き詰めると、よくわからない」

いや、そんなことないでしょ……と言いかけるけれど、これ以上険悪になる必要もないので黙っておくことにする。

それに、よくよく考えてみると、たしかに線引きが難しいのも事実だった。家事はいいけど、宿題や退職はダメ。なぜだろう。他人に丸投げするという意味で言えば、家事も宿題も退職も皆同じ。いやいや、とはいえ宿題とか退職まで他人に任せるとか、そんなの人として……と口を衝いて出てしまいそうになるけれど、結局のところ「人として」という極めて曖昧な線引きしかない気もしてしまう。やはり、私の考え方が時代遅れで、硬直化しているのだろうか。

「切り出せる部分は、切り出して外注する。それくらい割り切ったほうが、案外人生はうまくいくんじゃない？」

「そうかなぁ……」

「苦難の時代だしさ」

なに知ったような口を……とこれまた言いかけるけれど、それを制するかのように香奈子は話を変えた。

「そんなことより、最近、例の彼とはどうなの？」

「ああ……それね」

これまた、頭の痛すぎる話題だった。

交際を始めて約三年——そろそろ潮時かな、と思っている。別に浮気されたとか、日々暴力を振るわれるとか、莫大な借金を抱えていることが判明したとか、そういうわかりやすい問題はない。でも、彼と結婚する未来が見えるかというと、首を横に振らざるをえなかった。彼にその意思があるのかもよくわからないし、この歳になってその辺の考えを示さないのもどうかと思うし、出産のことなども考えると、そろそろ進退を決するべきタイミングなのだろう。

「ただ、いざとなると切り出しづらいというか」

「まあねえ……わかるよ」

口先だけの同意ではない。香奈子もまた、先月彼氏と別れたばかりだという。理由は私と同じで、特に嫌いになったわけではないけれど、将来の展望が見えなかったから。そうして香奈子のほうから別れを切り出し、ひと悶着（もんちゃく）あり、いまはフリーになったそうだ。女だって三十からだよ、と口ではしきりに言っているけれど、どこか白々しいというか、やはり焦りの色がないわけではない。

てかさ、と香奈子はまた話題を変える。

「会社のほうはどうなの？」

「どうって？」

「あんた自身はいつまで続けるつもりなのか、とかさ。それこそ、転職とかは特に考えてない感じ？」

「うーん」

その辺も実を言うと悩みどころではあった。もっと他のスキルを身に付けたり、ステップアップしたいという思いがゼロではない。そうした人生設計も含めて、そろそろ考えないといけない年頃――というか、もはや手遅れなくらいかもしれない。

「休みはちゃんと取れるの？」

「まあ、そりゃね」

「じゃあ、どこかで休み合わせて旅行でも行こうよ」

「あ、それいいね」

「申請はかなり前からしておかないとダメな感じ？」

「二週間前には出しておかないとダメかな」

「なるほど、じゃあ、ちょっと私も予定調整してみるわ」

香奈子は新卒から大手の家電メーカーに勤めていて、入社以来ずっと総務部に所属している。勤務地は大手町で、埼玉勤務の私からしたらそれだけでキラキラＯＬの部類に入るのだけど、本人曰く「ずっと内勤だから息が詰まりそう、周りもおっさんだらけだし」とのこと。そんな事情もあってか、前回会ったときは「最近副業みたいなのを始めてさ」とかなんとか言っていた。きっと、その裏には彼女なりの人生設計があるのだろう。大企業勤めだからって一生安泰ではないし、生活の柱となるものを他に用意するのは至極まっとうな考えだと思う。自分も見習わなきゃ――と頭では理解しつつ、いざとなると重い腰があがらない。今日、明日、せいぜい向こう一週間を生き延びるのに精いっぱいで、それより先のことを考えるとなると途端に眩暈がする。

「そうと決まれば、飲むしかないっしょ」

すいませーん、と声を張り上げ、香奈子はぶんぶんと店員に手を振る。

仕事に結婚、ひいては人生設計——考えるべきことは尽きない。元号も変わり、いつしか「近頃の若いやつ」から「前時代の人間」になってしまっている。たしかに香奈子の言う通り、私はいま〝苦難の時代〟を迎えているのかもしれない。それこそ誰かに代行してもらえたら楽な気もするけれど、私の人生は私自身にしか歩めない。

「日本酒の熱燗を二合！　お猪口二つで！」

香奈子の注文をどこか遠くのほうにぼんやりと聞きつつ、胸に滞留する鬱憤を圧殺するかのごとく、私はまたひと思いにビールを喉の奥へと流し込んでいく。

＊

「ねえ、猪俣くん」

翌週の月曜日、窓口の営業時間も終了した午後四時過ぎ。一日の入出金の勘定計算も合い、各人が事務処理を粛々とこなす穏やかな夕刻。コピー機の前に立ち、外為センター宛のファックスを送信し終えた私は、通りすがりの猪俣くんを呼び止めた。

「ねえ、いま応接室の前通ったよね？」

「え、はい」

ビクッと身を震わせ、縮こまりながら猪俣くんは頷いた。その手には貸金庫の鍵束が握られている。営業時間終了後の貸金庫の施錠も、新人がやるべき仕事の一つである。

「そのとき、なにか気付かなかった？」

「なにか……ですか？」

「湯飲みが出しっぱなしじゃなかった？」

「湯飲み……？」

ほとんど答えを口にしても、まるでピンと来ていない。

つい先ほどまで、その応接室ではお得意様の一人と支店長が面談をしていた。そのときの湯飲みやらお茶請けやらがいまだ残っていて、扉も開けっぱなしだからその様子は外からも見えるはずで、しかし応接室の前にやってきた猪俣くんはまるで気付く様子もなく素通りした。

本当は私が片付けたっていいのだ。というか、私がやったほうが絶対に早いのだ。

でも、それじゃいけない。

指導員を仰せつかった以上は、きちんと基本動作を叩き込んでやらないと。

「気付けるように常に周りを見る。気付いたら自分から片付ける。いい？」

「あ、はい」

項垂（うなだ）れつつ、猪俣くんは手遊びのように胸の「研修中」のバッジに触れた。研修中なんで仕方ないじゃないですか、と言い訳しているみたいで、それがまた癇（かん）に障（さわ）るけれど、ぐっと堪（こら）えて不格好な作り笑いを浮かべる。先週の金曜、香奈子から「あんたってちょっと無愛想」と茶化されたことを、なんだかんだ気にしている。

「気を付けます」

そう言って頭を下げると、あろうことか、猪俣くんはそのまま自席に向かって歩みを進め始めた。

これには、おいおい嘘でしょ、と呆気（あっけ）にとられるしかなかった。

私が言いたかったのは「次から気を付けろ」ということじゃない。いや、もちろんそれもあるのだけど、一番は「いますぐ片付けろ」という指示のつもりだった。

それが伝わっていない。ありえない。

――完全にモンスター新人じゃん。

先日の香奈子の言葉が耳の奥で甦（よみがえ）る。

甦りつつ、例の疑問がまたむくむくと頭をもたげ始める。

そんな〝モンスター〟たる彼は、誰にも頼らず、質問もせず、されどこれといった事故を起こすこともなく、どうやって毎日を乗り切っているのか。

むろん、完全なる無事故運転というわけではない。窓口での応対はいまだ覚束ないし、書類の不備も多い。でも、これはまあ致し方ないことだと割り切れる。私だって完全に独り立ちするまでには一年近く要したし、それに、わからないことがあれば——営業時間中に限ってではあるけれど、いちおう質問すべく背後までは来てくれるから。目に付くのはむしろ、いまみたいに応接室に置き去りの湯飲みに気付かないことだったり、シュレッダーの紙屑が満杯になっていても自分から捨てに行かないことだったり、そうした気配りの点だ。それは人としてどうなの——という行動は散見されるけれど、逆に、それ以外の部分はどうにかこうにか帳尻が合っているとも言える。少なくとも、支店の独自ルールに抵触し、誰かに「どうして先に質問して来なかったのよ」と叱られたりはしていない。危なっかしい綱渡りとはいえ、落下しない以上は怪我することもないのだ。

どうして？　どうやって？

そうこうしているうちにまた火曜日、水曜日と日々は流れていき、迎えた木曜日——ついに一つの事件が起こってしまう。私は昼休憩で支店の食堂にいたので直接の現場は見ていないのだけど、十年目の先輩の橘さんが猪俣くんにブチ切れたらしい。

「あいつなんなの、マジで」

業後、女子更衣室で一緒になると、橘さんは開口一番に吐き捨てた。

「なんも訊いてこないで、ずっと後ろに立ってて……ヤバくない？」

状況を整理すると、私が昼休憩で席を外していたため、そのとき窓口に出ていた猪俣くんは質問相手として橘さんに白羽の矢を立てたらしかった。そして、いつものようにじりじりと焦がれるような視線を橘さんのうなじに投げかけ続け、彼女の堪忍袋の緒がはち切れたという経緯だ。

「Z世代だかなんだか知らないけど、甘えんなよって感じ」

もちろん、怒りの矛先は猪俣くんだけに向いているのだけど、なんとなく私も指導員として肩身が狭くなる。私が甘いから、それをなあなあのまま許してきたから、だからあんたにも責任の一端があるんだよ、と言われているような気がしてくる。

「どうなの？　窓口以外の、普段のあいつは」

バタンと力任せにロッカーを閉め、橘さんは後ろで一つ結びにしていた髪を解く。

「うーん、そうですね……」

そこがまさに問題だった。

気が利かず、言われたことしかやらず、言われたことの意味すら取り違うことも頻繁にあるけれど、なんだかんだ「そつなくこなしている」と言えないこともない。まったく質問して来やしないのに、支店の独自ルールだけはきちんと守っている。

現に、今日の日中、彼は配属後初となる休暇申請を回覧していた。決裁者の課長が

「猪俣、休暇はなにするんだ？　デートか？」と時代的にアウトな冗談を投げかけていたので間違いない。申請方法に関して尋ねられたことは一度もないし、気を回してあらかじめ教えていたわけでもないのに、こういう部分だけはちゃっかりしているというか、なんというか――

「あんなモンスターを指導するの、大変でしょ」

言い淀（よど）む私に、橘さんは労いの言葉をかけてくれる。

皮肉ではなく、これは純然たる善意だと思う。

「ええ、まあ」

「なにかあったら言ってね、私が代わりに怒鳴ってやるから」

「いえいえ」

そんなことで代行なんてお願いしませんよ――と曖昧な微笑を浮かべていると、不意に橘さんの表情が緩んだ。

「ってか、聞いてよ。昨日、武蔵浦和の駅で男に声かけられてさ」

「え？　マジですか？」

別に「あんたをナンパするなんてどんな変わり者だよ」という意味ではない。なんなら橘さんはかなり美人の部類に入るから、特段おかしな話ではない。反射的に口走っただけの、なんの他意もない相槌（あいづち）だ。

「ただ、なんかそいつ、変でさ。ランチのことやたら訊いてきたんだよね」

「ランチ?」

「毎日お昼は職場の食堂なんですか、とか、コンビニとかファミレスに行くのはダメなんですか、とか。たぶん、そいつもこの辺の会社に勤めてて、ランチデートを狙ってたんだと思う」

「はあ……」

まだまだ話したそうだったけれど、橘さんは腕時計に視線を落とすと「ヤバ、お迎えに遅れちゃう」と呟き、軽妙に「じゃ、また明日ね」と更衣室を出ていった。未就学児二人の母は、秒単位、分単位の生活を強いられているのだ。

その後ろ姿をぼんやりと見送りつつ、ここでもまた考えてしまう。自分にもいつか来るのだろうか、と。母になる日が。母であり、仕事人としても奮闘する日が。

身支度を済ませると、ため息交じりに力なくロッカーを閉める。

私の背を押してくれるのは、パタン、という乾いた音だけだった。

＊

「モンスターあらため、とんだ逸材かもね」

香奈子はカウンターに頬杖をつき、にやっと唇の端を持ち上げた。

翌日の金曜日、退勤後。私たちは先週と同じ居酒屋に来ていた。前回はテーブル席だったけど、今日はカウンターに横並びだ。

「言えてる」

「湯飲みの話とか、もはやギャグだし」

「でしょ？」

「たぶん、いずれ上司のことを呼び捨てにするよ。取引先の前では上司を呼び捨てにするっていうのを意識しすぎて、職場でも『佐藤（さとう）、二番にお電話です』とか言うはず」

「ありそうで怖いわ」

例によって、この一週間の猪俣くんについて報告している最中だった。別に〝猪俣くん生態日誌〟の提出を求められているわけではないのだけど、鬱憤が溜まるばかりで、私のほうが吐き出さないとやっていられないのだ。

あ、そうそう。〝日誌〟で思い出したけど――

「まだあってさ」

「まだあるんだ」

「毎日、退勤前に日誌を提出することになってて、そこに翌営業日の予定を書くのね」

翌営業日――今日は金曜日なので、この場合は来週の月曜日だ。

「彼、研修らしいのよ」

「うん」

「まあ、新人はかなりの頻度で研修が入るんだけど――」

問題は、今日の退勤時に猪俣くんがその件に一言も触れなかったこと。普段通り、蚊のなくような声で「お疲れ様です」と呟くだけ。少なくとも「来週の月曜日、研修のため不在にします」というような台詞はその口からいっさい放たれなかった。

「やっぱさ、そういうのも礼儀じゃない？」

「まあね」

「だって、支店に来ないわけだしさ」

「そうだね」

「一言くらい添えるのが普通じゃない？　言われなくても」

そこまで求めるのは酷なのだろうか。自分自身は誰に言われるでもなくそうやって立ち振る舞っていたけれど、むしろそれは期待以上の動きだったのだろうか。

「まあ、そういう子なんだってもはや割り切るしかないのかもね」

そう独り言のように呟きつつ、香奈子はカウンターの向こうの厨房に目をやり、ところでさ、と話を変えた。

「研修と言えば、あんたの年次になっても研修ってまだあるの？」

「ん？」

なんで急に？　とは思ったものの、特に深い意味があるわけでもないのだろう。

「新人の頃よりは格段に少ないけど、あるにはあるかな」

「研修所的な？」

「そう。日比谷」

「交通費は、その都度申請する感じ？」

「え？　まあ」

そうだけど……と尻すぼみに返しつつ、こちらを見つめる香奈子のつぶらな瞳を覗き返す。なんでそんなこと気にするわけ？　という戸惑いが伝わったのだろう、香奈子は「いやさ」と苦笑し、また厨房に視線を移した。

「絶対そのほうがいいよなぁって思って。うちの会社は月末に纏めて申請するルールなんだけど、出張も結構あるし、いちいち思い出すのも面倒だし、割と手間でさ。まあ、そう感じてるんなら、都度記入したりメモしたりしておけよって話なんだけど」

「なるほどね」

得心がいきつつ、いつからだろう、と首を捻ってしまう。大学時代は推しの俳優がどうのとか将来がどうのとかいう話ばかりだったはずなのに、気付けばこんな不毛な、どうにも色褪せた話題ばかりが我が物顔で私たちの間に居座っている。歳をとるのはつくづく嫌だな、と思う。

ていうかさ、と香奈子は一オクターブほど声のトーンを上げる。

「その後どう？　休みは取れそう？」

「まあ、たぶん」

「土日にくっつければ、二泊できるよね」

例の女二人旅の件だろう。

「私はこの辺だとありがたいかなー」

香奈子はカレンダーアプリを立ち上げ、スマホの画面を指し示してくる。

「六月の第三週？」

「そう」

「うーん」

月末は来客が増えて立て込むことが予想されるし、ましてや六月末は繁忙期なので可能なら避けたいのだけど、第三週なら許されるだろうか。まあ、許されるもなにも有給休暇は労働者の権利なので、いつ取得しようが文句を言われる筋合いなどないのだけど、やっぱりまったく配慮しないわけにはいかない。他の人の休みとの兼ね合いもあるし、だからこそ二週間前までには申請しないといけないのだ。

「上旬のほうがいい？」

歯切れの悪い私の様子から事情を察したのだろう、すぐに対案を提示される。

「できたら」

「じゃあ、七月にしようか」

「オッケー」

私も自分のスマホを取り出し、カレンダーアプリの七月第二週の金土日に「香奈子」と入力する。

「やっぱ、支店のみんなにお土産とか買わなきゃダメなの？」

ぐいっとお猪口を傾けると、香奈子はぱちくりと何度か目を瞬いた。

やや酔いが回り始めている証拠だ。

「いや、さすがにいらないかな。長期休暇の場合は買うけど、単なる有休くらいなら特に必要ない」

「そっか」

「イエス」

私もお猪口を口に運ぶ。

ぐいっとひといきに飲み干し、ちりちりと喉が焼けるのを感じる。

「で、その後、例の彼とは？」

店員に追加の熱燗を頼むと、香奈子は気安い調子で尋ねてきた。三十オーバーの独身女が二人揃えば、やはりこの話題は避けては通れない。

「なーんも」

私もやや酔いが回り始め、上機嫌になりつつあるのを感じる。いや、上機嫌になるだけでは済まず、その分、下振れも激しくなるのだけど。

「なーんも進んでないし、マージでどうでもいい」

どうでもいい、とは言い聞かせているけれど、どうにかしなくては、とも切に思っている。なんせ、こうしている間にも着々と砂時計の砂は落ち続けているのだ。女だって三十からだよ、という香奈子の持論に異は唱えないけれど、かといって上の容器に溜まっている砂も無限ではない。たぶん、いまはもう下の容器に落ちた砂のほうが多いはずだ。

「いや、送ろうとは思ったんだよ」

カウンターに両肘をつき、胡乱な視線を中空に漂わせる。

「思ったんだけど、やっぱ、決心がつかなかった」

《二人の将来について一度ちゃんと話さない？》

打っては消し、消しては打ちを繰り返し、なんとかこの一文を拵えることはできた。でも、いざ「送信」のボタンをタップする段になって怖気づいてしまった。前に進める期待より、後戻りできなくなる不安と、生じるかもしれない軋轢への億劫さのほうが勝ってしまった。なんだかんだ付き合って三年——燃えるような恋の時期は終わっているけれど、かといって、まったく愛がないわけじゃない。いや、愛というかむしろ情に近いのかもしれない。よくわからない。わからないから蓋をして、先延ばしにして、結局こうして日本酒で喉を焼き、砂時計から必死に目を背けている。

「あー、もう、マジで腹立つ」

心中の知れない彼にも、奇妙な〝生態〟の猪俣くんにも、なにより自分自身にも。

「とりま、飲も飲も」

「そう言う自分は飲んでんのかー？」

今日もまた、そんな私のことをせせら笑うかのように金曜の夜は更けていくのだった。

＊

「あっ」

店を出て香奈子と別れ、赤羽駅のホームで一人下りの電車を待っていると、通りすがりの女性がふと私の前で足を止めた。スマホから顔を上げると、よく知った、やや懐かしい顔がそこにはあった。

「え、偶然！」

「お久しぶりです」

カジュアルスーツ姿の内海さんだった。銀行員時代には真っ黒だった頭髪はいくらか茶色がかっており、ゆるいパーマもあてられている。メイクもいくらか濃くなったように見える。一般職は家から通える範囲の支店に配属されるので、おそらく彼女の住まいは埼玉なのだろう。転職先の会社の飲み会帰りか、合コン帰りか、もしくはいまだ転職活動中でOB・OG訪問でもしていたのか。

やや気まずいはずなのに——わざわざ自分から声なんてかけずに素知らぬ顔で通り過ぎてもよかったはずなのに、内海さんはなぜかそのまま隣に肩を並べてくる。

「その……すいませんでした」

「ん？　なにが？」

とぼけたつもりはなかった。彼女から謝罪を受ける謂れはないと思ったのだ。もちろん、退職代行を利用したことについてなんら思うところがないわけではないけれど、私がとやかく言うべき話でもない。

「いや、配属されて早々に辞めちゃって、しかも退職代行なんか使って。たぶん、皆さん怒ってましたよね？」

「まあ、支店長がちょっと文句垂れてたくらいかな」

冗談交じりに返すと、内海さんは安堵したようにフッと頰を緩めた。

そして、思いがけずこんな問いを寄越される。

「猪俣くんは、どうですか？」

「え？」

どう……とは？

さすがに言葉足らずだったと自覚したのだろう、内海さんはこう続けた。

「毎日ちゃんとやれてますか？」

「ああ、まあ……」

どうなんだろう。あれは「やれている」の範疇に入るのだろうか。

言い淀む私の様子から察したのか、内海さんは線路に視線を落とした。

「実は、退職代行のことを教えてくれたの、猪俣くんだったんです」

「ああ、そうなの」

「私が辞めようか迷ってるってラインで相談したら、自分もちょうど迷ってて、ここなんか良さそうだよって教えてくれて」

「え、猪俣くんも辞めるつもりだったの？」

あ、いえ、と慌てたように内海さんは首を振る。

「猪俣くんは違います」

「違う？」

「別の代行を検討していたみたいで――」

「別の代行？」

なんだそりゃ……と首を傾げていると、内海さんは聞き慣れない横文字を口にした。

「その代行サービス会社の名前です」

「へえ……」

いまのところ使う予定はないけれど、いちおう記憶に留めておく。

「家事代行とか、ペットの散歩代行とか、宿題代行とか、それこそ退職代行とか――代行の〝よろずや〟さんみたいな感じで、最近話題なんですって」

「なるほどね」

「まあ、いまって〝大代行時代〟ですし」

えっ、と耳を疑ってしまった。そっくりそのまま、一言一句違わぬ言葉をつい先日耳にしたばかりだ。誰もが咄嗟に思い付く類いの単語ではないし、偶然であるはずがない。

これはいったい、どういうことだろう。

内海さんはつと顔を上げると、私の瞳をまっすぐ覗き込んできた。

「実は私、昔から人に断りを入れるのが苦痛でならなかったんです。常に周りの顔色を窺って生きてきて、波風立てないようにしてきて……可能な限り自分の意思を表明しないようにしてきました」

なに、突然どうしたの――と思わないこともなかったけれど、わかるよ、と頷いてあげる。そういう人は多いだろうし、私も自分に思い当たる節がないわけじゃない。

「だから、正直言うと、息苦しくて堪らなかったんです。いい子ちゃんを演じて、〝できる新人〟みたいに思ってもらって、そうしてどんどん〝嘘の自分〟が積み重なっていくような気がして。その偽りの仮面が外れたら自分はどうなるんだろう、いままで通りやっていけるんだろうかって毎日不安でなりませんでした」

そうやって思い悩んだ彼女は、ついに一世一代の決断を下すに至った。

「自分を変えてやろうって。自分を偽らずに済む新天地で、また一から出直そうって。でも、そうは言っても、いざとなると退職を上司に伝えるのが嫌で嫌で、怖くて怖くて。そんなときに退職代行っていうサービスがあるって知って、それで――」

唇を嚙みしめるその横顔は、支店時代はついぞ見かけたことのないものだった。寒々しい蛍光灯が、彼女の白い頰を照らす。簾のように垂れた前髪が影を落とし、私から彼女の目元は見えない。だけど、たぶんその目は並々ならぬ決意でどこか一点を睨んでいる気がした。単に横着したわけではなく、彼女は彼女なりの覚悟を持って退職代行を利用したのだ。

別に、あえて詳らかにせずともいいはずの話ではあった。でも、きっと彼女はどこかで後ろめたさを覚えていたのだろう。誰かに打ち明け、ある種の〝弁明〟をしたかったのだろう。そこに、たまたま私の姿を見つけてしまった。だから、こうして話しかけずにはいられなかったのだ。

——ほら、あんたってちょっと無愛想だしさ。

見たか、香奈子よ。そんな無愛想な私のことを、内海さんは慕ってくれていたのだ。少なくとも、胸の内を吐露してもいいと思える相手だったのだ。

というのはさておき。

内海さんは静かに続ける。

「他人からしたらバカみたいなことでも、どれだけ呆れられようと、私にとっては一大事だったんです。退職を代行に任せるとか、それは人としてどうなんだろうとは思いましたけど、でも、やっぱり震えが止まらなくなるほど怖かったんです。そういうの、誰しも一つくらいありません？」

「まあ……」

曖昧に顎を引きつつ、はたして自分は、と考えてみる。なにかあるだろうか。震えが止まらなくなるほど怖くて、嫌で堪らないことが。他人にどれだけ呆れられようと、それでも代行に任せたいと願うほどの一大事が。

「もしよかったら、使ってみてください」

「えっ」

「オーダーメイドで、ありとあらゆる相談を受けてくれるのが強みみたいなんで」

ありがとう、と微笑みつつ、ここで一つ尋ねてみることにする。

「ちなみに、猪俣くん自身はなにかサービスを利用したのかな？」

すると内海さんは悪戯っ子のように目を細め、こう答えた。

「実際に利用したかどうかは知らないですけど、なにを代行してもらおうとしていたのかは知ってます」

「なに？」

内海さんはすんなりと教えてくれた。

そして、次の瞬間には急激に酔いが引いていた。

*

「やっぱ生き返るね」

浴衣姿の香奈子は、部屋に戻るなり窓辺に駆け寄り、大きく伸びをした。

七月第二週の金曜日。

二泊三日で私たちは熱海に来ている。創業七十年、懐石料理と天然温泉が売りの老舗旅館だ。到着するなりまずは露天風呂に浸かり、そのまま豪勢な夕食に舌鼓を打ち、いまはちょうど部屋に帰ってきたところ。このあともう一回温泉に入ろうか、という話になっているけれど、ぐだぐだしているうちにうやむやになりそうな気もする。

「こういうの、五年ぶりくらい？」

こちらを振り返り、香奈子は小首を傾げた。

「そうね」

「なんか若返った気がする」

香奈子はまた窓のほうを向き、そこに映り込む自分の浴衣姿をしげしげと——いや、うっとりと眺めている。

「たしかに浴衣だと余計に色っぽいし、気を付けてよ、ナンパされないように」

単なる軽口——ではなかった。いつもの私なら、たぶん、こういうことは言わなかったと思う。

でも、今日は違う。

この発言には明確な意図がある。

あ、そうそう、と香奈子はまたこちらに向き直り、にやっと不敵に笑った。

「この前、ナンパされたんだよね」

「え、そうなの？」

「うん」

「その話、詳しく」

詳しくもなにも、私は既にそのことを知っている。知っているけれど、あえてすっとぼけて、ひとまず座敷に座るよう促す。

卓袱台を挟む形で向かい合うと、香奈子は身を乗り出しながら上機嫌に語り始めた。

「仕事終わりに、大手町の駅で、たぶん大学生くらいかな、とにかく若い男の子に声かけられて……」

「で、訊かれたんでしょ？」

「え？」意表を突かれたのか、香奈子の片眉が吊り上がる。

「副業のことを」

そう機先を制すると、香奈子はぽかんと口を開け、そのまま固まってしまった。

「――そうだけど、なんで知ってるの？」

私はスマホを取り出し、先日内海さんから教えてもらったホームページを開く。〝大代行時代〟のいまだからこそ――ギラギラしたフォントの文言が画面を彩っている。スマホを卓上に置き、香奈子のほうに画面を向けて滑らせる。

「実は私、ここに頼んでみたんだ。なんでもオーダーメイドで好きな代行をお願いできるっていうから」

「なにを？」

「〝質問代行〟を」

そう。

これこそが猪俣くんの〝生態〟に隠されたからくりだったのだ。

——私にとっては一大事だったんです。

——そういうの、誰しも一つくらいありません？

内海さんにとって退職の申し出が耐え難いほどの苦痛であったのと同じくらい、彼には誰かに質問をぶつけるのが恐ろしいことだったのだ。だからこの会社に依頼し、自分の代わりに質問をお願いしたのだ。

——昨日、武蔵浦和の駅で男に声かけられてさ。

——ランチのことやたら訊いてきたんだよね。

——毎日お昼は職場の食堂なんですか、とか、コンビニとかファミレスに行くのはダメなんですか、とか。

先日橋さんに声をかけた例のナンパ男も、おそらくこの会社の差し金だったのだろう。ナンパを装いつつ、昼休憩にまつわる支店のルールを——併設の食堂ではなく、外に出てもいいのかどうかを探ろうとしたに違いない。

「香奈子の副業って、これのことでしょ？」

みるみるうちに香奈子の顔は色を失い、やがて観念したように肩が落ちた。

「だから、いろいろと私に訊いてきたんでしょ？」

——休みはちゃんと取れるの？

——申請はかなり前からしておかないとダメな感じ？

この質問を受けた数日後、猪俣くんは休暇の申請をしていた。誰にも確認していないように見えて、その実、彼はしっかりと「申請は二週間前までに」という支店の独自ルールを得ていたのだ。

「それだけじゃない」

——あんたの年次になっても研修ってまだあるの？

——交通費は、その都度申請する感じ？

あの日、猪俣くんの日誌には翌営業日が研修だと書かれていた。つまり、研修後に必要となる経費申請に関するルールを調べていたとみて間違いない。

「いまになって考えると、あのときの会話は少し不自然なんだよね。だって、香奈子は入社以来内勤ばかりの総務部にいるはずでしょ？」

なんせ、以前愚痴っていたのを覚えている。ずっと内勤だから息が詰まりそう、周りもおっさんだらけだし、と。

それなのに、あの日の香奈子は直後にこう付け加えたのだ。

——絶対そのほうがいいよなぁって思って。

――うちの会社は月末に纏めて申請するルールなんだけど、出張も結構あるし、いちいち思い出すのも面倒だし、割と手間でさ。

「内勤だけなんだとしたら、出張の交通費申請はしなくない？」

香奈子は唇を引き結ぶだけで、反論はしてこない。

「まだあるよ」

――やっぱ、支店のみんなにお土産とか買わなきゃダメなの？

同じ日にこう訊かれたのも覚えている。あれもおそらく、猪俣くんの質問だったのだろう。たぶん、初めての休暇はどこか旅行に行く予定を立てていたのだ。

「だから、久しぶりに会おうって言ってきたんでしょ？」

いわゆるマブダチながら、香奈子とはここ二年ほどはやや疎遠になっていた。それがふと誘いを受け、金曜日になると毎週のように飲んだくれるようになった。連絡を貰ったのは内海さんが退職する前の月――つまりは今年の四月。猪俣くんが支店に配属された時期とぴったり重なるのだ。

たぶん、猪俣くんは気が気でなかったに違いない。支店という名の〝秘境〟に放り込まれ、先輩たちにいろいろと質問しなければならなくなることが。仕事に没頭する先輩に声をかけ、あえて割り込み、自分のために時間を使わせることが嫌で嫌で堪らなかったのだろう。だから、この会社に頼ることにした。そして、事情を説明する中で、偶然にも彼の指導員である私の友人がその代行会社に所属していると判明した。そうして香奈子は、ある種の〝密偵〟として私のもとに派遣されたのだ。

とはいえ、営業時間中に窓口で出くわす事態には、さすがに代行会社をもってしても対応することはできない。なんせ、銀行の窓口はいわば〝戦場〟だ。次から次へと来店客が押し寄せ、その要望も多岐に亘る。一分一秒でも早くこなし、次の客を捌かなければならない。もし仮に煩雑な手続きに出くわしたとしても、さすがに「ちょっとまだ研修中なんで対応しかねます」とは言えないし、かといって、イントラで悠長に手続きを調べている暇もない。だからこそ、彼は腹を括って背後霊になる道を選んだのだ。自分から質問はできないけれど、それをしないことには先へ進めないので、質問相手のうなじに焦がれるような視線を送り続けたのだ。

「これこそが、猪俣くんの奇妙な〝生態〟のからくりでしょ？」

そう告げると、しばしの沈黙を挟んだ後、香奈子は「ごめん」と手を合わせた。

「言う通り、なにも間違ってない」

でもね、と縋るような視線が寄越される。

「別に、それだけが理由じゃない。久しぶりに会いたい、とはずっと思ってたんだよ。これは一つのきっかけだっただけ。嘘じゃない、マジで」

「わかってるよ」

「え？」

きょとんと香奈子の目が見開かれる。

「わかってる。じゃなきゃ、わざわざこうして旅行なんかしなくない？」

「まあ……」

安堵したように香奈子の表情が緩んだ。

「それに、別に怒ってるわけじゃない。いまはもうそういう時代なんだなって、ちょっとずつだけど思い始めてるし」

いつの間にやら「近頃の若いやつは……」と言われる側から言う側に回っている。

〝大代行時代〟とやらには乗り遅れているし、いまだ「それは人としてどうなの？」と思っていることは否定しない。家事はいいけど、宿題や退職、ましてや質問を代行に委ねるなんてありえないと思っている。

だけど。

「たしかに、私にも〝ある〟ってことに気付いたんだ。誰かに代行してほしいほど気が重くて、憂鬱で、苦痛なことが」

――私にとっては一大事だったんです。

――そういうの、誰しも一つくらいありません？

いまでは内海さんの気持ちも、猪俣くんの気持ちも、まったく理解できないわけじゃない。人は誰しも、他人からしたらどれほど些細なことであっても、当人だけの〝苦行〟が存在する。Z世代だからとか、そういう括りは関係なく、誰にだって。

「だから、香奈子に代行をお願いしたいんだ」

「なに？」

『送信』ボタンを私の代わりに押してほしい」

ラインのトーク画面を開き、香奈子に差し出す。

合点がいったのか、香奈子はいつもの笑顔を取り戻した。

「なんだ、そんなことか」

そんなこと。

でも、私にとっての一大事。

「文面はもうできてるから」

「お安い御用」

「もちろん無料でだよね？」

「それは、どうしようかな」

和室に重なる二つの笑い声を聴きながら、いつかの香奈子の台詞を思い出す。

――切り出せる部分は、切り出して外注する。

――それくらい割り切ったほうが、案外人生はうまくいくんじゃない？

たしかにな、と思う。

自分の人生は自分にしか歩めない。それだけは、なにがあろうとこの身一つで完遂するしかない。でも、その道中でなんらかの障害に出くわしたなら、いくつかの手荷物を他人に持ってもらうのもアリなのかもしれない。そうやって身を軽くし、それを乗り越えて先へ進めるのなら、選択肢の一つにしてもいいのかもしれない。

ふと、脳裏に猪俣くんの顔が浮かんでくる。別に長期休暇ではないから、わざわざ支店のみんなにお土産を買っていく必要もないのだけど、こっそり猪俣くんにだけはなにか買っておいてあげようか。久方ぶりに香奈子と引き合わせてくれたこと、そして、私が新たな一歩を踏み出すきっかけを与えてくれたこと。その点に関しては、なんとなく癪(しゃく)ではあるけれど、彼に感謝すべきかもしれない。そういう心遣いも、それこそ「人として」大事なことなんじゃないかって、いまの私は素直にそう思っている。

「じゃ、押すよ！」

「うん、ひと思いにいっちゃって！」

「こういうの、久しぶりにわくわくするね」

「不謹慎だぞ、おい」

たぶん、このあとは温泉なんか入らずに、一晩中語り明かすことになる気がする。

妻貝朋希を誰も知らない

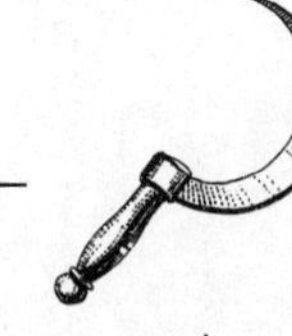

斜線堂有紀

◆友人・那須隼人（なすはやと）　取材・磯俣卓（いそまたすぐる）　六月五日

舐められたくなかったから舐めた。それだけの話っしょ。なんかわかんないとこある？　新聞の人ってそういうのもわかんないの？　俺からしたら、なんでなんでって言われる方が謎っていうか。普通にやるでしょ、ああいうこと。

度胸試しみたいなもんに近いかな。俺らだって、あれやるのはマジでやべーって思ってるわけで。だから朋希（ともき）のことすげーって見直したとこあるよ。やればできんじゃんって。あいつも嬉しそうでさ。昨日とかペロペロジェスチャーでマジで周りウケまくってたかんね。マジで面白いんよあれ。

あー、炎上でしょ。でも炎上とかは最初よくわかってなかったんじゃね。だって、どれだけネットで炎上してもさ、それでどうにかなるわけじゃないし。ここ、わりかし辺（へん）

鄙なとこだし、わざわざここまで来るやつとか数人しかいないわけで。朋希もふつーに暮らしてるよ。むしろ、燃えてから話しかけてくれるやつが増えて嬉しそーだったよ。別に悪いこととか無かったんじゃないの。

あ、でも朋希が卒業した中学が西小井田なんだけど、卒アルが晒されてから西小井田に凸るやつめちゃくちゃいたらしいね。あれマジでウケるわ。卒業してるっつーの。そもそも朋希がやらかしたのと中学校関係無い感あるのにな。でも、西小井の治安終わってるし教師もカスばっかだから、てんやわんやにさせられたのはいい気味だと思うよ。

俺ー？ 小中とも西小井だよ。てか、ここら辺住んでるやつで私立行かないやつはみんな西小井。そもそも私立行かせたがるようなやつは端からここら辺出ていくの多いけどね。西小井って、先生を鍛え直す為に行かされるとこらしーよ。で、心の弱い先生はウツになってやめてくわけ。逆に西小井で先生やると一目置かれるんだって。柱の試験じゃんってなるよな。え、キメツ知らねーの？ やべー。

てか正直西小井だったらあんくらいやってるやつうじゃうじゃいるって。スプーン舐めた程度で電話かかりまくるのマジで割合わんよな。あいつら平気で先生の車のマフラーに花火差し込んだりすっからね。物の被害が出てるんよ。てか、この近くで強盗事件あったじゃん。そっちのが怒られるべきだろ。おばーちゃんのお金盗るより朋希の悪戯のが悪いん？ お前らが騒がんかったらただの悪戯きっしょいなで終わっとった話だし。

おっさんも朋希がスプーン舐めたことなんて別に子供の悪戯だって思うっしょ。かぶか？　株価って何？　知らんそんなん。でもどんだけ朋希が叩かれてもみんなファミコス行かんかって言ったら行くっしょ。智也（ともや）とかマジできっしょ絶対行かんて言ってたけど昨日誘ったら来たかんね。みんなファミコス行くんよ。いちおケースの中入れるようになってたけど、スプーンまだ置いてあったから、俺も全然舐めれたで。ファミコスって全国にいっぱいあるんだから、別にちょっと叩かれても潰れないっしょ。ていうか、ファミコスが潰れてもゴストとかロカシとかあるもんな。何も問題ない。なのに朋希のことで騒ぎすぎ。

全然いいでしょ。むしろ朋希にとっては動画のが重要だったんよ。朋希が舐められんようにする為には必要なことだったし、それでたかがファミコスのかっかがどうなっても別に関係ないでしょ。え、か、ぶ、か？　株価？　てか何でこれ訂正すんの？　それこそ俺に関係ないでしょ。

◆『ファミリーエコス　こだわりの漆器使用中止か』六月五日　週刊新知オンライン

軽はずみな人間が撮った動画によって、大手ファミリーレストランチェーンの行く末に暗雲が垂れ込めている――。

六月三日十六時二分、世間を揺るがす問題の動画が公開された。

撮影されたのは西小井田市内のファミリーエコス。動画の冒頭で、金髪の青年は満面の笑みでテーブル席に座っている。目の前に並んでいるのはフライドポテト、からあげ、マルゲリータピザ、カルボナーラ。十九歳という年齢と一八九cmの体格を考えれば、そのボリュームは特段不自然なものではない。チーズたっぷりのマルゲリータは好物なのか、二皿も頼んでいた。そのうち撮影者が食べたのは一皿の半分だけで、残りは全て青年の胃に収まったようである。

食事を終えた彼はゆっくりと立ち上がり、ドリンクバーコーナーへ移動する。そして何やら作業を始めた。

振り向いた青年の両手には指に挟む形で計八本のデザートスプーンとティースプーンが。そのまま青年は『ファミコスの料理は何でも美味い！　なんとお～』と言い、それらのスプーンをペロペロとキャンディーのように舐め始めた。非常識という他ない。

青年は『お野菜の色の食器も美味い！』と笑いながら、舐め終えたスプーンをドリンクバーコーナーの食器入れに戻した。撮影者もその様子を見て笑い声を上げる。青年は何事もなかったかのようにメロンソーダをグラスに注いで席に戻り、食事を再開した。最後に動画撮影の成功を祝ってか青年がハイタッチをしようと、撮影者に右手を差し出したところで動画は終わっている。

動画の青年は市内在住のアルバイト。この動画はショート動画投稿サービスTikTokに投稿され、YouTubeにも転載された後、一日も経たずに三百六十万回再生を記録した。ファミリーエコスの運営会社エコ・ダイニングは警察に被害届を出し、青年に対し厳正に対処する方針を発表。しかし、動画公開の後、一日にして株価は下落、企業イメージもダメージを受けたとあって、今後の経営への影響は計り知れない。

それと同時に、世間ではファミリーエコスに対して「使い捨ての食器にしてほしい」との声も上がっている。しかし、同チェーンで使用されている箸・スプーン・フォークは一本一本手塗りで仕上げられたこだわりの漆器であり、チェーンの特徴ともなっている。使い捨て食器に移行するのであれば、それらは全て廃棄されてしまうことになるだろう。

たった一人のいたずらによって、われわれは長年愛されてきたあの漆器を使うことが出来なくなるのだろうか。

◆SNS上のコメント　六月五日

〈もうドリンクバーとか使えんわ。全滅じゃゃん〉／〈全てのファミレスに影響及ぼすからね。最悪だわ〉／〈スプーンとかフォークとかを一回一回使う分だけ持って来てもらう方式じゃないと安心して食べられない〉／〈お野菜の色って言い方がやだ〉／〈使い捨てはエコじゃないしエコスの理念に反する〉／〈エコス久々に行きたくなった〉／〈エコスのポテト美味いんよなぁ〉／〈俺凸ってきたんだけどいかにも馬鹿そうなヤンキーだった。遠くからでもわかるくらい声デカいし、話しかけに行ったら怒鳴られたし〉／〈どうせお前が煽ったんだろ〉／〈凸んな〉／〈こいつのせいで全ての飲食店が影響受けるのテロじゃん〉／〈めちゃくちゃ賠償金払わされてほしい〉／〈こんなんで人生終了するの馬鹿すぎ〉／〈今現在社会に出る資格がないことを自覚しろ〉／〈どうしてこういうことしちゃうんだろ。どういうことになるかわかんないのかな〉／〈わかんねえんだよ、馬鹿だから〉

◆西小井田中学校元クラスメイト・三野珠洲花（みのすずか）　取材・切谷郁（きりたにいく）　六月七日

見たよ、朋希の動画。拡散もした。えー、別に深い意味無いよ。笑ったから回しただけ。なんか、ウケたら拡散したげるルールあるじゃん。だからそうした。マジでそれ以上に深い意味無いよ。嫌がらせ？　なんでそうなんの。嫌いだったら回さないでしょ。むしろ、朋希度胸あんじゃんって見直した。でもまあ、好きってわけでもないけど。

んー誰がうちらのグループに連れてきたか覚えてないんよね。気づいたらいたけど、呼んだのが誰かよく分かんない。てか、色んなとこに顔出してたんじゃないの？　朋希ってノリ良いし、意外とモテてたとこあるでしょ。どこ呼んでも来るっていうのは有名だったな。

　中学卒業してからちゃんと話したことはないよ。でも姿は見た、って感じ。あたしは高校行ったから、中卒組とは段々疎遠になってったんだよね。でも、西小井田からみんな出るわけじゃないから、見かけることは全然あった。

　ＳＮＳ繋がってたのも、誰か一人繋がってたら一応繋がっとくかぁになるからだよ。あたし、那須とか嫌いだけど繋がってはいるしね。地元の人間ならとりあえず見とくかって、そういうことだった。

　けどさ、朋希ってＳＮＳとかまともにやってるタイプじゃなかったんよ。アカウントとかも作って繋がって、んで何一つ投稿しないの。マジで捨てアカみたいな感じ。

　あ、そうそう。動画投稿してた「ＮＡＩＪ４２７０」は別に朋希のアカウントじゃないと思うよ。適当に打ったようなＩＤ使うの朋希イズムっぽいけど。そもそも、朋希にそういうの管理が出来るかっていうの怪しくない？　だってあいつヤバいもん。

　いいやつだと思うけど、とにかくだらしないし空気読めないし。あいつ、どんな集まりにも遅れてくるんだよね。そういうちょっとしたとこが、マジで浮いてた。

あと、一回引いたことがあってさ。確か公園で花火した時なんだけど、朋希がマジで入っちゃいけないとこに入って打ち上げ花火したことあって。なんか、大事な動物だか植物だかがいるから、踏み荒らしちゃ駄目とかいう看板立っててさ。黄色いロープの内側の、ほんとにガチで駄目なとこ。そこに朋希が平然とロープ跨いで入ってって、みんな止めたのに全然聞かなくて。で、フツーに通報されて警察まで来て大変だったの。どうにかして逃げて捕まんなかったんだけど、ヤバかったね。

で、ここからが朋希らしさなんだけどさ。ここで普通ならやめるじゃん。でも、朋希はにっこにこでさ。またあそこで花火やろう、次の週末にやろうって言い出してさ。

こんなん言っちゃあれだけど、スプーン舐めそうな話でしょ。

でも悪意とかないんだよね。その場所入ったのだってさ、そこだとみんなから打ち上げ花火がよく見えるからなんだよ。みんなを喜ばせたかったんだよね。やってることには引いたけど、朋希が打ち上げたやつ、綺麗だったな。

あー、それで話戻すんだけどさ。あのアカウントって実際誰のなん？　ってのが話題になって。色々話し合ったわけ。

で、もしかしてミニジャイアン……——合田が作ったアカウントなんじゃないの？　って結論になったのよ。

あ、うん。知らない？　合田健。そう、ドラえもんのジャイアンと同じ名前なの。なのに背がめちゃくちゃちっちゃくてさ。だからミニジャイアン。シンプルでしょ。合田が撮影係させられてさ。なんか、そうとしか思えなくなってきた。

どうせ「こんなん撮ったら面白いんじゃね」とか朋希がノリで言い出して、合田が撮影係させられてさ。なんか、そうとしか思えなくなってきた。

合田って朋希の舎弟なんだよ。そう、手下みたいなやつ。四六時中一緒にいたし、買い物の時なんかは特に。あれ、絶対お金出させてたでしょ。そうじゃなきゃ朋希が合田といる理由ないもんね。合田ってトロくて頭も悪くて、合田を構ってくれるやつは朋希くらいしかいなくて。だから、言うことなんでも聞かされてた。ミニジャイ相撲取ろうぜって、よく投げ飛ばされてたもん。うん、朋希が投げてた気する。廊下で。

仲良かったってより、問題児二人が寄せ集められてただけなんじゃない？　朋希はヤバくて、合田はグズで、両方揃ってクラスのお荷物みたいな。背ぇおっきいのとチビなので、デコボココンビでみんなにウケたのかも。

……合田の問題行動？　問題行動っていうか、いじめられてた。だって、あんなチビでさ、名前が合田健じゃん。そりゃ弄られるよねって。いじめられてる側なら問題児じゃないって言われても、クラスの和を乱してるわけだから、問題児でしょ。

朋希はいじめられるっていうよりは弄られるだけだったかな。こー言っちゃなんだけど、下手に弄ると怖い感じでしょ、朋希って。授業中突然キレたりとか、急にふざけだしたりとか、面白かったけど、ピキるとヤバい、的な。

純・厄介ってのが実感としてあるかも。うわー、そういうことしちゃうんだ、そういうヤバいとこあるんだ、的な。でもそういうヤバさって生まれつきなとこあるし、どうしようもないよね。

朋希って刑務所いれられるの？　あのペロペロしたやつとか、どういう罪になるんだろ。あれこれ言ったけど、あたし別に朋希のこと嫌いじゃないから。

でももうファミコスは行かないかも。ペロられてたらやだし。

◆元担任教師・佐山豪紀　取材・磯俣卓　六月八日

自分の行為がどういう結果をもたらすのか、全く想像がつかない人間がいるんですよ。妻貝はそういう人間なんですね。だから、あんなことをしでかしたんだ。

妻貝は馬鹿で、意志が弱くて、怠け癖がある。だから目の前の楽しそうなことしか考えられない。……そんな断言していいのかって？　いや、そうなんですよ。本ッ当の馬鹿はね、こちらの想像を超えてくるんですわ。この二十年、俺は教師として色んな人間を見てきたので、ね。

俺が妻貝の担任だったのは中学二年の時ですね。俺はあの悪名高い西小井田中学で、六年も担任を持ってました。西小井田中のこと、どこまで知ってます？　ネットじゃ馬鹿養成所とか、SNS科があるとか言われてる……まあ、ひでー中学ですわな。

俺からしたら……えー、馬鹿の多い学校ではあるが、骨のあるやつも多いとこだと思ってますね。地域まとめて馬鹿にされんのは腹が立つ話ですよ。馬鹿だけどまっすぐなやつの方が、長い目で見て人生上手くいくことも多いですし、人一倍やんちゃだったやつが、ちゃんと手に職つけて俺に会いに来てくれることもあって。そういう時はこの仕事やっててよかったなって思いますよ。

というか、荒れた公立なんかどこもかしこも西小井田みたいなもんですよね。よくも悪くもワルの煮こごりで。

んで、妻貝の話に戻りますね。正直、西小井田の中でも特に頑張れないやつ、それが妻貝でしたよ。と〜……にかくなぁ、やる気が無い。そもそも学校にもあまり来なかったしな。怒られるのが嫌いでその場しのぎの言い訳ばっかする。教師としてはあんまり言いたかないんですが、自分の息子だったら殴ってましたよ。ははは、コンプラ的に怒られるか、今じゃ。

俺は国語を担当してるんですよ。いわゆる現代文に古文に漢文。あ、このナリだから体育教師だと思ったでしょ。それこそハラスメントじゃないですか。ははは。けど、歯ごたえある生徒を教える為にそこそこ鍛えてはいるんですよ。見てくださいこの腕。触ってもいいですよ？　ま、女の腕ならまだしも男の腕触っても嬉しかないですかね。ああ、こういうのもセクハラになっちゃうんだったか。まあ、男同士ですからノーカンってことで。ははは。

妻貝はね……とにかく人の話を聞かねえんですわ。授業中、何人かの生徒を当てて、教科書読ませるの、あるでしょ。あれで、妻貝がまともに読めたこと、マジで無かったんです。

別に古文の時に当てたわけじゃない。ふっつーの現代文の、それこそ『走れメロス』レベルのやつよ？ それなのに、読めない。授業を聞いてねえんだよなあ。前のヤツがどこ読んでたかとか、普通にやってりゃわかんでしょ？ 普通にやってればね。

最初は俺もちゃんと教えてやりましたよ。何ページの何行目のって。妻貝がトットロトロ教科書開いて……それもイラついたな。んで、ようやく読み始めたかと思うとまあ〜下手くそ。読むのが苦手っつーか、ウケを狙ってるような読み方でしたわ。妻貝に音読させるとクラスが爆笑して授業が進まない。けど、妻貝だけ当てないのは差別だし、ズルいだろ。俺そういうの一番嫌いですから。んで、自分が悪いくせに読み終わった後はぶすくれるんですよ。机わざと蹴るみたいにして着席してね。癇癪（かんしゃく）持ちの子供とおんなじ。

そんな感じだからさ、成績も恐ろしく悪かったですね。授業聞いてないんだから当然か。平気でゼロ点取るんですよ。西小井田の生徒って馬鹿ばっかだけど、ゼロ点取るのはなかなかいなくて。のび太くん以外で見たことあります？　ないでしょ。

　そらね、こっちも本当は補講とかしたくないわけですよ。あんなんボランティアで、搾取されてるわけだからね、こっちが。でも、妻貝みたいなのをほっとくわけにもいかないでしょ。で、授業なり補講なりでちゃんと叱ってやる。叱るのも体力要るから、そういうのもさ、搾取されてるわけですわ。これ、もっと現代社会で注目されていい問題だと思いますね。

　面白いのがですね。妻貝って叱られるとその場では「やります」とか「頑張ります」とか言うんですよ。そ、典型的な口だけ人間ですよ。そういうの聞くとさ、正直こっちも「おっ」「やる気あんじゃん」って嬉しくなっちゃうんだよなあ。けど、その度に裏切られるんですね。

　……勉強がなあ、出来ないんだよなあ。あれは真面目に継続しないと身につかないもんだから。口だけ人間じゃ、もう絶対無理。なにせこっちを舐めてんだ。覚えるだけでいいようなことが、出来ない。

　で、真面目にノート取ってるかっていうと、まあそんなわけない。あいつ、字が汚くてな……。しかも改行とかしないでノートにぎゅうぎゅうに書くんですよ。ちっちゃい字でなあ……。「これ重要だからマークしろよ」っつったら色ペンとか普通使うでしょ！あいつ、何故か黒の鉛筆だけしか使わなくて。きったない輪ゴムで束ねたやつ。

教室に妻貝の鉛筆が転がってんの見ると、マジでむかっ腹が立ちましたね。お前は『人生』をやる気があんのかよって。本気で人生やろうとしてんのかよって。たかが授業なんだけど、俺はそういうとこまで考えちゃうんです。俺自身が、限りある命を大事にしたいと思って生きてますから。

妻貝のやったあれ……スプーン舐めるのとか。本当にもうね、その話を聞いた瞬間、冗談抜きで殺してやりたくなりましたよ。どれだけの人間がそこの関連企業で働いてて、どれだけの人間が迷惑するか、お前ほんとにわかってんのかと。結局、全てにおいて真面目じゃない。あいつの罪の最たるものはそれなんですよ。あいつは人生をやってない。あいつと真剣に向き合った俺だから分かるんですよ。更生しませんね、あいつは。十年かそこら刑務所にぶちこんどいた方がいい。俺はそういう他の人が言いにくいことも言っていきますから。それが教職やってる人間の覚悟でしょう。

あ、そうそう。俺は結構面倒見良い方で、卒業した後もちょいちょい生徒が相談に来るんですよ。はは、そういうのがほっとけない性分でして。

合田ってもう話に出てきました？　そうですそうです、ミニジャイアンね。

その合田が、ちょっと前に相談に来たんですよ。卒業しても妻貝が付き纏ってくる、手下みたいに扱われてるってね。最近はまた妙なことを考えてて、合田はそれをどうにか止めたいんだけど……結局従わされそうだ、とも言ってたんですよ。それで俺、ピンと来ましたね。あ、合田が言ってたのってこの動画撮影のことだったんだって。

本当に可哀想でしたよ。めちゃくちゃ怯えてなあ……。口答えしたら殴られるんですってさ。痣ぁ見せられた時、俺は……よっぽど、うん。妻貝のこと、殴りに行ってやろうかと思いましたよ。俺はちゃんと言いましたよ。今すぐ警察に行けって。妻貝から連絡あっても絶対取り合うな、なんなら俺がガツンと言ってやろうかって。でも、合田は俺の助けは借りられないって。なんか、俺が出張ると問題になるかもしれないからとかなんとか。ほんと……あいつは人のこと気にしすぎなんだよなぁ。優しいやつですよ。でも、結果的に今回の馬鹿やって破滅したのは妻貝ですもんね。これで合田も解放されて、安心するはずです。脅されてたんだから、合田の責任は問われないでしょ。ああ、よかった。真面目なやつが救われて、よかった。

この後時間があるなら、合田にも話を聞きに行ったらどうです?

◆小学校の頃のクラスメイト・押鳥拓也　取材・磯俣卓　六月九日

馬鹿だなって思います。馬鹿だからあんなことしちゃったんだなって。悪意は無いんじゃないかな。妻貝にそういうものは無いですよ。悪意っていうのは、ある程度の知性が無いと宿らないものですから。

あの辺りに住んでる人って、大体そうなんですよ。考えない人達が考えないで子供作って、まともに育てないでしょう。それで、負のループが始まるんです。だから、ある意味で妻貝も被害者ですよね。西小井田界隈では、妻貝的な人間はいっぱいいますよ。

僕は小学校の四年生と五年生の二年間西小井田にいました。そこ生まれってわけじゃないです。生まれは仙台の方で……父親の仕事の関係であそこに住むことになったんです。父親はメーカーの管理職なんですけど、西小井田の工場に出向しなくちゃならなくて。だから本来、西小井田とは何の関係も無いんです。

妻貝はとにかく……勉強が出来なかったですね。真面目じゃないっていうか、怠け癖のあるやつでした。

勉強が嫌いみたいでしたね。授業は聞いてないし、ノートを取るのもまともに出来ないし、教科書だって先生に言われたところを開いてない。そういう生徒はいっぱいいましたけど、妻貝は特に悪目立ちしてたんです。テストの点数が悪かったり、先生に授業中指されて答えられなかったら癇癪を起こして——。

あいつ、英語の時間もすごくて。あ……お兄さんの時は小学校で英語無かったんでしたっけ。正直、小学校の時の英語なんてお遊びみたいなもんですけど。

一番最初の……英語で自己紹介してみようってあるじゃないですか。黒板にローマ字で自分の名前書いて、自己紹介をするんです。妻貝朋希だったら、TOMOKI

TSUMAGAIですね。

　その英語の自己紹介の時――よりによってトップバッターに、妻貝が指名されたんです。でも、黒板の前でまごまごして全く書き始めなくて。で、痺れを切らした先生が「My name is Tomoki Tsumagai.」って書いて、これを読んでみなさいって。

　そうしたらあいつ……、エムワイエヌ……ってアルファベットを一文字ずつ読み始めたんですよ。最初、ギャグかと思ったんですよね。みんな、あれ？　ギャグ？　て一拍遅れて笑って。先生は「ふざけないの」とか言って怒ってさ。もしかしたら、単語を全く理解出来てなかったのかな。どっちにせよ、なんか面白い空気になっちゃって。

　そうしたら、妻貝のやつ……ドカーンってなっちゃって。机倒してウワーッて言いながら教室出て行っちゃって。その時、妻貝の顔が真っ赤で、マジなんだって思いましたよ。よっぽど恥ずかしかったんでしょうね、自分の間違いがふざけてるって思われたことが。

　それから、妻貝は余計態度悪くなった気がするなぁ。英語の時間はいつにもまして不真面目な感じになったんですよ。不満そうっていうか。しばらくネタになってましたもん。みーんな妻貝が近くにくるとエムワイエヌエー……って言うの。

　実際、妻貝って面白いやつだったんですよ。いつもおちゃらけてて。弄られキャラ、って感じなんですけど、本人が笑ってるから空気が悪くならない感じの。時々爆発するし扱いづらいけど、人気者ではあったと思いますよ。ズレてるけど、それが個性だなぁって。

でもいじめられてたわけじゃないですよ。妻貝はあの中では好かれてた方です。妻貝がスプーン舐めてるの見て、ちょっと面白くなかったですか。こんなことするんだ、馬鹿だなぁって。妻貝も面白いからやったんですよ。みんなのこと笑わせたかっただけなんですよ、彼はね。

あ、そうだ。……僕一回、ちょっとだけ良いことしたんですよね。

僕は結構英語得意だったんです。小さい頃から英語劇のスクールに通ってて……わざわざ都内まで行ってたんですよ。

それで妻貝が神妙な顔して「英語はどうやって覚えられる？」って聞いてきたんです。それがまあ真剣だったから、僕も心を打たれて。余ってた暗記シートを妻貝にあげたんですよ。テキストの解答欄に赤字で答え書いて、このシートで答えを隠して問題解くといいよって。

妻貝、それをしげしげと眺めて、何度も「ありがとう」って言ってました。

結局、勉強する気にはなれなかったのか、そのシートは教室の隅に設置されてた妻貝専用のゴミ箱に捨てられてましたね。あ、そうそう。妻貝があんまりにも物を落とすんで、そういうのがあったんですよ。今思うと晒し箱みたいなもんですけど。

それを見た時はショックでしたね。自分も小さかったんで正直傷つきました。今思うと仕方なかったのかなって思えるんですけど。

……お話し出来るのはそのくらいですかね。六年生になる頃には、もう僕は転校して、西小井田を離れましたから。妻貝がその後どうなったのかも分からないままです。でも、僕の知っている妻貝は悪い人間ではないですよ。

僕、今大学で教育学やってて。先生になろうと思ってるんですよ。なんか、普通に人を教えるのっていいなって。勿論、西小井田で妻貝みたいなのを教えるのは無理かもしれないけど、ちゃんと子供の為になる先生になれたらなって。

……あ、合田ですか。いましたねー、合田。確かに、妻貝と一緒にいたような気もします。あいつは暗くて、よく分かんなかったな。でも、なんていうか……クラスに居場所が無い辺り、妻貝と似てましたね。もしかして、合田にも話を聞きに行きました？ああ、まだ会えてないんですか。……僕も合田とは連絡取れないなあ……そもそも、転校以来会ってないですし。今言われて思い出したくらいなんで。

＊

何回でも思い出すのは、目が醒めたらお母さんがいない時のこと。

てか、元々全然お母さん家にいなくて。俺の家はお父さんがいなくて、お母さんが働かなくちゃなんなかったんです。養育費ブッチされてたから、マジで金が無くて。で、朝からいないからあんまり起こしてくれなくて、夜帰ってきて、んでまた俺が気づいたらいなかったりでした。まあ、お母さんは忙しいから、しゃーないかなって。でも、たまにお母さんがファミコスに連れて行ってくれるから、嬉しかったな。俺ファミコス好きなんです。ファミコスはマジで美味いから。

学校遅刻してたけど、したかったわけじゃなくて。ゆっくり食べてたら、もうあと五分で出なきゃ。なんでいつもこんなに時間が無いんだろって、結構びっくりします。ちょっと前まではあと三十分あって、着替えて余裕で出れたのに。マジで、めっちゃ、焦る。焦ると手の先がサーッて冷たくなって、色んなことがマジで出来なくなる。ちゃんとつかんでんのに、手がその先にある感じ。すごいあって俺、あれが。

あ、というか同じような漫画ありましたよね。なんだっけ。そういう漫画絶対あったんですって。えー、どれだろ。漫画じゃないかも。なんかこう、ズレる……。ドラえもんが。知ってます？　このひみつ道具。本を読むと味がするんだったかな。ウマいマズいって。あー、そうそうそう「本の味の素」だ。そういう道具じゃない？　ええ、そっか。俺、何かそういう記憶違い多いんよなあ。うわー、てかなつかしー。みんなタケコプターとかどこでもドアを欲しがるけど、俺が欲しいのは絶対「本の味の素」。え、だっせんでしたか。えー俺、いつもこうなんだよなあ。ほんと、遅刻の時も、やばいって思ってランドセルの中身とか見ないで走って学校に行って。今度は絶対遅れないってコバセンと約束したから、マジでやばいなって。あ、コバセンっていうのは小林先生のことでした。

　コバセンが言うんですよ。「妻貝、また遅刻か。約束したのになぁ。お前、ほんとにウソつきだなぁ。ウソつきと同じ教室にはいたくないんだけどなぁ」って。それ聞くとほんっとに、胃の奥がぎゅっとなって。別にウソつきたくてついたわけじゃない。「ちゃんと起きたし用意しました」と言うと「ウソつくな。じゃあなんで遅れたんだ」と、コバセンが更にイラッとして、段々顔が真っ黒くなってくんです。

　なんで遅れたかを言ったらゆるしてくれるのかもしれない、けど俺だって俺が何で遅れてるのかはよくわかんない。ちゃんと起きたのに、用意しなきゃって焦ってる間にどんどん時間過ぎてって、でもなんか余裕じゃんって思う時もあって、気づいたら時間になってる。そもそも俺は準備が苦手で、わかってるのに時計が進んでって、うわうわうわ嫌だ嫌だで頭がいっぱいになる。俺は時計が苦手なんです。この部屋は時計が無いので落ち着きます。そうなんです。

　なんか、そう、俺が何にも言わないと、コバセンは呆れたみたいな溜息吐いて、虫をってポーズやるんですよ。でもこれはラッキー。これは座って追い払うような、シッシッてポーズやるんですよ。でもこれはラッキー。これは座っていいやつだから。コバセンの機嫌が悪いと、コバセンは「妻貝と同じ教室にいたくない」とか言って職員室に行きます。そうしたら周りの女子達とかが焦って、え、授業どうしようどうしようって、泣き出すやつもいて、男子は怒って、俺は職員室に走らされてコバセンにめちゃくちゃ謝らされて。あれ本当キツいんです。怒ると、顔がみんなめっちゃ黒くなるんですよ。それ、すごい怖かったです。

『ともき箱』っていうのがあって。教室の隅に箱があるんですよ。俺はよく物を無くすから、無くした物を見つけた人が入れる用の箱です。無くした物がこの箱の中に集まるのは便利で俺はすごくいいけど、授業参観でお母さんが、すげー嫌そうで、唇をめっちゃ嚙んで何も言ってくんなくって、俺はビビりました。そんな顔をされるくらいなら『ともき箱』を無くしてほしかったけど、それがないと、俺の無くし物がどこにいけばいいのか分からないから、箱を無くすのは無理なんです。

箱の中には正直ゴミも沢山入ってて、そう、入れるやつがいるんです。それを片付けるのが嫌すぎて、コンパスとか無くしたんだけど、箱見れなくて。箱がいっぱいだと、それだけで見る気が出なかったです。でもそうしたら箱が山になって、コバセンがまた怒って……。あの、俺忘れ物多かったんですけど、教科書を机の中に置いとく『置き勉』が禁止だから、教科書は全部持って帰りました。家で教科書を取り替えて、ランドセルに入れる。俺これ駄目で。時間割を見るのが嫌いです。なんか、時間割を見てると不安になる。俺こんなん出来ないんだけど。って、一週間がいける気しない。でも覚えてるわけじゃないから、困って。

合田は……友達です。小三の時に同じクラスになって、そっから友達です。なんか、二人組作る時、俺合田と組むことが多くて。合田は組むやついないし、俺も組むやつ結構色々変わってて、余ったやつみたいになってたから、二人組は俺と合田って感じになってたんですよ。でも、ガチで仲良くなったのは、職員室の時です。コバセンを怒らしたら俺は責任を取って職員室にコバセンを呼びに行かなくちゃいけなかったんですけど。俺は頑張って謝るけど、コバセンが帰ってこないかもしれないので、不安でした。本当は俺一人が行けばいいのに、合田も一緒に来てくれました。みんながミニジャイアンも行けっていうから、なんか来たんです。合田はゴウダタケシって名前で、俺はドラえもんのジャイアンが好きだからよかったなーって思ってました。

合田はジャイアンっていうのが好きじゃないらしいから、俺は合田を合田と呼んでます。絶対ミニジャイアンって呼ばないようにしてたので、それだけで合田は、俺の味方でいてくれた気がします。合田は俺とセットにされることが多いけど、合田の方は本当は頭が悪くないんです。けど、合田が周りにぺこぺこしているのを見ると、合田はちょい馬鹿なのかもしれないとも思いました。みんなはそんなに怖くなくて優しいのに。俺は、合田のそういうとこが昔からよくわからなかったです。

◆元バイト先（カラオケ店）の同僚・市川大夜（いちかわだいや）　取材・切谷郁　六月九日

　気持ち悪いなーって思いました。スプーン舐めるのが面白いと思ってる感性も、それをSNSに載せちゃうのも、ザ・西小井クオリティですよね。こう言っちゃなんですけど、妻貝さんって十九歳とは思えなくないですか。もっと子供に――なんなら中学生に見えます。言動が成熟してないっていうか。

　同じバイト先でしたけど、当時から関わりとかもそんなに無かったです。妻貝さんってシフトに入るかもまちまちで……それでも、うちの店の深夜シフトってやりたがる人少ないから、そんな妻貝さんでも中々クビにならなかったんですけど。

　働きぶり……ですか。微妙でしたね。あんまり話すこともなかったです。妻貝さんは基本的に、部屋の清掃と、オーダーされたものを調理して運ぶ仕事を担当してました。……あの人、レジ打てないんですよ。正確には、打たせたら絶対に誤差が出るから、店長がやらせるなって言ったんです。ずるいですよね。私は別にレジ打ちが苦じゃありませんから良いといえば良いんですけど、苦手だからやらなくて良いってことがあるのがずるいなって思うんです。だったら私だって接客とかやりたくないですよ。ここの店、本当に民度低いんですから。

けど、民度の低さに反比例して時給が良いんだから、仕方ないですよね。

あんまり真面目な人じゃなかったと思います。お客さん同士の揉め事とか、変なクレーマーが来た時は割と頼りになるんですよ。だってほら、ガタイとかも良いですし……なんていうか、輩って感じで怖いじゃないですか。だから、そういう時は頼りにしてました。

でも、さっきの掃除とか、調理とか、とにかく遅くて。ゴミの分別とかもかなり適当なんです。プラゴミと燃えるゴミ平気で交ぜたりしますし。そういう時は申し訳ないですけど、本人にやり直してもらってました。正直、最初は怒鳴られるかもしれないってビクビクしてたんですけど、注意されたらちゃんとやる人ではありましたね。ただ、自分からやろうって思わないだけで。

……そのくらいです。店の食器とかマイク……を舐めたりはしてないと思いますよ。多分、調子に乗りやすい人なんでしょうね。一度、妻貝さんの友達っていう人が大挙して押し寄せたことがあって。ここの一番大きなパーティールームを一晩貸し切ったことがあったんです。

あの時、最悪でしたね。食べ物は床にこぼすわ、椅子に土足で上がるわ、何より廊下出て騒ぐわで超迷惑。妻貝さんに注意してもらったんですけど、あんなの注意じゃない、みたいな感じのふんわりしたやつで。私達は強めに文句言ったんですけど、妻貝さん「友達が来たー」ってずっとにこにこしてました。子供みたいで、気持ち悪かったです。

荒れ果てたパーティールームの掃除は妻貝さんにお願いしたんですけど、全然嫌じゃなさそうでしたね。聞いたら、その部屋の会計ぜーんぶ妻貝さん持ちだったらしいんですよ。……正直怖くないですか？　私だったらそんなの友達だって思えませんけど。

利用されやすい人だったのかなって思います。あんまり自分の考えが無いみたいだったから。あの動画撮ったのもバズったら知り合いがチヤホヤしてくれるからとか、周りを楽しませたいからやったんじゃないですかね。深い意味とか特に無いと思います。

あ……そうだ。妻貝さん関連のエピソードでもう一個ありました。

うち、人手が足りないって言ったじゃないですか。本当に足りないんです。それこそ、妻貝さん相手に誰かいないかって聞くくらい。私は友達とここで働くとか絶対に嫌なので、誰も紹介しなかったんですけど。

それで妻貝さんが新しいアルバイトとして紹介してきたのが、合田さんです。合田さんも妻貝さんと同い年で、同じように定職に就いていないみたいでした。

正直、妻貝さんの友達って時点で嫌でしたよ。どうせ仕事が出来なくて無愛想な人が来るんだろうって。もしくは、騒ぎ回って店を荒らすような人か。でも、どちらでもなかったですね。意外にも、合田さんは大人しくて……でも最低限の挨拶は出来る、まともな人でした。

けど、合田さんは結局二ヶ月も持ちませんでした。

うち、一応反社とかに対しては厳しい対処をするって決めていて……ほら、店の入口に貼ってあったでしょ。なのに、合田さんが店の中に半グレを入れちゃって。そこでよりにもよって無修正AVの取引とかしてたらしくて。半グレのうちのひとりが別の事件で捕まって発覚したんですけど……もう酷(ひど)いもんですよ。私まで取り調べられたんですから。

当然、合田さんはクビですよ。人ってあんまり見かけによらないですね。気弱そうな人だったから脅されて仕方なく……ってこともあるかもしれないですけど。悪いことが出来ない人っていうか、悪いことが出来るほどの度胸は無さそうな人ってイメージでした。

もしまだ合田さんに話を聞いていないのであれば、連絡を取ってみたらどうですか？

……あ、そうですか。まあ、そうですよね。ちなみに、私も合田さんとは連絡取れないです。そこはお力になれませんね。プライベートで仲良くしたい人じゃなかったので。

事件があって妻貝さんは悲しそうでしたし、合田さんにがっかりしてるみたいでした。……あの様子思い出すと、そんなに悪い人じゃないのかもしれないって思います。合田さんが脅されてた……とかはよく分からないです。ちゃんと見てたわけじゃないですし。

でも、合田さんはともかくとして、妻貝さんは合田さんのこと嫌いじゃなかったと思いますよ。そうじゃなきゃ、バイト先に来させようとはしないと思いますし。

結局、合田さんがクビになってすぐ、妻貝さんもクビになりましたね。連帯責任っていうか、妻貝さんも半グレと関わりがあるんだろうって店長が言っていました。でも、本当は厄介払いの意味もあったと思います。妻貝さんは使えなかったから。

エコ・ダイニングに賠償金とか払わないといけないんですよね？　払えるのかな……。というより、あれだけ顔と名前がネットに晒されたら、普通に生活するのも難しいんですかね。

でも、妻貝さんならそこはあんまり気にしないんじゃないかな、と、そんな風にも思ってます。ちゃんと反省して、社会復帰出来るといいですね。

私は今専門学生です。なるべく早く家を出たいので。学生のうちにお金を貯めておこうと思います。

＊

えっと、五年生は辛かったけど、六年になって変わりました。担任がコバセンからサコセンになったからです。

サコセンはばあちゃん先生でした。一回だけ会ったことある俺のばあちゃんと同じくらいのばあちゃんに見えました。こんなよぼよぼした先生って、怒んなそうでいいなって思ったけど、本当にサコセンはコバセンみたいに怒って職員室に戻ったりしなかったです。サコセンは俺が忘れ物をめちゃくちゃするってことを知って、『置き勉』を許してくれました。

サコセンがよく言った言葉があって「忘れ物をして勉強が遅れるより、置き勉で進んだ方がナンボでも嬉しいでしょう」って。俺はその言葉が好きで、何度もサコセンの真似をしてナンボナンボと言いました。サコセンは笑いました。

相変わらず授業は難しかったし、押鳥にもらった黒い板は何の役にも立たなかったけど、サコセンは俺が何もわかんなくても怒らなかったし、むしろ色々教えてくれました。そう。この、文字を指で押さえるのも、サコセンに教えてもらいました。理屈は全然わかんなかったけど、サコセンの言う通りにしたら、たしかに教科書は読みやすくなったんです。教科書の文字がどっかいったりしなくなって、ちゃんと読めるようになったんです。サコセンはまるでドラえもんみたいでした。見た目がおばあちゃんの、ドラえもん。

『ともき箱』は六年生の教室にもあったけど、前みたいな感じじゃなかったです。『ともき箱』は、毎日サコセンと確認するようになって、中身全部ビニール袋に入れて持って帰りました。ビニールも、サコセンが用意してくれました。

俺は速攻でサコセンのことが好きになりました。サコセンはみんなに優しかったし、女子からもサコセンサコセンって言われてすごく人気者でした。

サコセンは絵が上手で、なんでも絵で説明してくれました。俺が理科のテストでわからなかったところも、サコセンの絵でわかるようになって嬉しかったです。サコセンの為なら、勉強を頑張ろうと思ったんです。

お母さんもサコセンのことが好きみたいで、何度もお礼を言ってました。サコセンだったら安心だって言ってるのも聞いたんです。お母さんはコバセンのことがあんまり好きじゃなかったです。まともな先生でよかった。前の先生は明らかにおかしかったから、俺のことをちゃんと勉強させられなかったって言ってました。

お母さんが朋希はやれば出来るって言うから、俺もやれるよって返しました。

俺は人より出来ないことが多いから、その分何か出来ることがあるって言ってました。確かに、俺にはなんかが足りないんだから、その分もらってないと、ちょっとおかしいと思う。

偉い人って、俺みたいに勉強出来なかったやついるんですよね。お母さんがよく言ってました。だから、俺も偉い人になれる可能性があるはずなんですよ。だって、小卒でも総理なれるんでしょ。俺それだけは覚えてるなぁ。

俺は勉強が出来ないけど、代わりに有名になることだけは出来る気がしてました。周りの友達は俺のことをテレビに出るお笑い芸人並みに面白いと言うし、俺は周りを笑わせるのが好きなので、芸人になりたいと思ってました。

お金持ちになりたかったです。

その頃はお母さんはめちゃくちゃ忙しくて、家にいる時は寝てばっかで、ファミコスにもなかなか行けなくなった。でも、有名人になってお金が沢山手に入ったら、お母さんが働かなくていいから、ファミコスも沢山行けたと思います。

サコセンにも、俺は有名人になれるか聞きました。そしたらサコセンはなれるって言ってくれました。頑張ったらなれるんだって、サコセンが教えてくれたんです。俺は嬉しくなってナンボナンボとサコセンの真似をしました。

サコセンは少しお母さんに似てました。俺はサコセンに喜んでほしくなって、サコセンの手伝いもしました。黒板にあるチョークをこっそり補充すると、サコセンは気づいてほめてくれたんです。嬉しかった。俺でもそうやってサコセンを喜ばせられるんだって思って、よかった。

合田もサコセンのことが好きでした。合田も俺と同じでのび太くんの側だったから、サコセンが好きみたいだった。俺達は揃ってサコセンにべったりでした。

◆元担任教師・佐古樹里（さこじゅり） 取材・切谷郁 六月十日

妻貝朋希くんは私の人生の中でもとりわけ印象深い生徒です。……そうですね、良い意味でも、悪い意味でも。こうなった以上、悪い意味でしか語れない子になってしまいましたが。ええ、動画のことは当然聞いてますけど、到底見る気になれなくて……。

私は妻貝くんが六年生の時の担任でした。妻貝くんのクラスは、定年前に持った最後の担任クラスでもあります。五年生の時が小林先生でしたから、保護者の方とか、周りの先生方に少し心配されましたね。こう言ってはなんですけど、小林先生が厳しい方で、その後に私のようなおばあちゃん先生ですものね。私も少し、不安でしたよ。

妻貝くんのクラスは問題児、と呼ばれる子が多くて。先生に反抗することが格好いいと思うような子が多かったのですよね。結果的に言えば、私のようなおばあちゃんでは張り合いが無いと思われたのか、年頃で落ち着いたのか、反抗されることは少なかったですよ。勿論、悪ふざけは相応にありましたが。

それでいえば、妻貝くんは本当に悪気の無い子ではありました。ふざけ癖のあるお調子者ですが、私や誰かを傷つけようという気は全く無くて。あの頃の妻貝くんはとても素直でした。

……ええ、そうね。妻貝くんはとかく勉強が苦手でした。

文字がちゃんと読めない子、というのがいるんです。私も長い教員生活の中で何人か会ったことがあります。ちゃんと授業を聞いているはずなのに、教科書のどこの話をしているのか分からない子。

そういう子って、指で辿らせると何故だかちゃんと読めるようになるんです。妻貝くんもそうでした。

そこから、妻貝くんがすごく心を許してくれたんです。そのことが傍から見ても分かるくらいでした。他愛の無いことなんだけれど。妻貝くんにとってはとても大きかったんでしょうね。

けれど……こういう場だから敢えて言いますと、私は妻貝くんのことが少し苦手でもありました。

私、元々は関西出身なんですけれど、嫁入りの時にお舅さんが方言を大層嫌って。頑張って標準語に直したのですよね。

けれど、ふとした時に方言が出てしまうことがあって。なんぼ、って彼の前で口に出してしまったんですよね。そうしたら、妻貝くんがふざけて何度も「なんぼ」って私の真似をしたんです。やめて、と言ったのですけれどね。余計に揶揄われるだけでした。

あと、チョークのイタズラもあったわね。

休み時間に目を離したら、チョーク入れに赤いチョークだけがみっしり詰め込まれていて。それを見て妻貝くんがニコニコと笑っていました。「これ、妻貝くんがやったの?」と言ったら「先生の為にやったんだよ」なんて言うんです。

反応を見られているんだとすぐに分かりました。子供特有の試し行動ですよ。イタズラをしても、私が怒らないかどうかを見ていたんでしょうね。迷いました。ここで注意すべきなのか、それとも「私は妻貝くんの味方ですよ」を貫いて、穏便に済ませるか。私は後者を選びました。……なんだかね、それをやる妻貝くんの顔は満面の笑みで。私が笑って済ませると心から期待しているような、甘えた顔だったんです。私は彼の家庭の事情も知っていましたから、……ああ、これは本来ならお母さんに向ける顔なんだって。

だから私、一緒に笑って済ませました。もしかしたら、あそこでちゃんと注意してあげればよかったのかもしれない。そうしたら、妻貝くんはあんなことをしなかったのかもしれませんね。

合田くんとは、仲が良かったわね。

合田くんはとても良い子でした。妻貝くんと同じ劣等生というレッテルを貼られていましたが、地頭のとても良い子でしたよ。ただ少し気が弱くて考え込んでしまうから、人よりゆっくりしているように見えて、馬鹿呼ばわりをされていたのね。アレルギーも沢山あって、給食にも食べられないものが多くて。彼、乳製品アレルギーだったんです。

給食の時に出てくる牛乳が飲めなくて、代わりに水筒を持ち込んでいたんだけど……それが揶揄いに通じたりして。私も注意したんですけど、完全に止めることは出来ませんでした。

私は合田くんが気がかりで色々話し掛けたりしていたんだけれど、合田くんはなかなか心を開いてくれない感じがしました。明るく穏やかに振る舞っていたけれど、時々とても……暗くて憎しみの籠もった目で周りを見ていたような気がするの。……合田くんは、どんな大人になったのかしらね。

ああ、妻貝くんのお母さんは、私が妻貝くんを担任していたその年にいなくなってしまったんですよ。本当に、痕跡も残さず……あれは驚きました。なんて無責任な、とも思いましたよ。妻貝くんも酷く動揺していましたし。あれはだって、妻貝くんから逃げたも同然じゃありませんか。本当に、無責任極まりない……。

せめてお母さんがいてくれたら、妻貝くんの人生も変わったんじゃないかと思うんですよ。母性神話を語るわけではありませんがね。

◆元バイト先（パン工場）の先輩・神宮字工（じんぐうじたくみ）　取材・磯俣卓　六月十日

あんたが例の記者さんか。来てくれてありがたいよ。今、朋希の話すればそれだけで稼げるってみんな色めき立ってるから、まともなやつ探すの苦労するでしょ。

その点、俺は損させないんで。だって、俺以上に朋希のこと知ってるやついないよ？　俺、いつか朋希がやらかしたら絶ッ対インタビュー受けようと思ってたんだよなぁ。あー、いつか何かやるとは思ってたよ？　まさか、それがペロペロ動画だとは思ってなかったけど。

俺？　俺はね、朋希の中学の先輩。一個上。で、朋希が西小井田中卒業してから、おんなじ工場で働いてたの。えーとね、パン工場。のどかでしょ～。その時は朋希もまだペロってなかったよ。ははは、これ洒落になんないか。

朋希はノリの良いやつって感じかな。工場って廃棄のパンもらえたりすんだけどさ、みんなが「おい、ここで食えよ」って言うと、朋希が笑顔で食うんだよなぁ。三個も四個も。なんか犬みたいでさ。みんな朋希のこと好きだったね。

あー、まあ正直多少は弄られ要員なとこあったな。なんかさ、記者さんもそーいう経験あるだろうけど、一回舐められのモードに入っちゃうと、役割が決まっちゃうとこあるじゃん。男のノリってさ。朋希は俺の後輩だったからさあ、余計にね？　そういう路線が決まっちゃってたとこ、あったなあ。でも朋希もそんな嫌がってませんでしたよ、へらへらしてて。

うちの工場には寮があって、朋希はそこに住んでたんだけど、友達もいっぱい来てたっけな。人気者だったよ。明るかったし。朋希ってさ、めっちゃコレクションとか好きなんよ。ナイフとかすげー集めてたね。でも、あいつガサツだからさ、見せた時にくすねられてもわかんねーの。無くしたーって済ませんのマジでアホすぎてウケたね。でも、そういう細かいことにこだわんないとこも好きだったな、俺。

あ、そうだ。記者さんってあいつ知ってる？　ミニジャイアン。ニセジャイアンだっけ？　まあどっちでもいいわ。朋希の金魚のフンだったチビ！　あれ、あいつと話しに行ったらいいよ。あー、明後日行く？　そっか、一歩遅れた情報だったな。

あれ、今ヤバいから。なんか分かんないけど、朋希そのチビと仲良くてさ！　この話題どうよ。売れる？　俺の知り合いにちょっとヤバいのいてさ。素人の女酔わせて撮って、それ売るみたいなね。

合田がその片棒担いでるんだよ。マジでさ、終わってるよな。そういうの、俺絶対無理だもん。ヤバいよなあ。簡単に稼げるっていうのに釣られたらしいんだけど、信じるか普通？　信じないでしょ。

あ……朋希の話？　あー、脱線したわ。俺、そういうとこあんだよな。えー、朋希はいいやつですよ。結局、パン工場二年も持たなかったんだけどね。あいつ、洒落になんないミス連発して、逆によく二年クビになんなかったなーっつう感じの。あいつ、仕事中ボーッとしてんだよな。べで追い出されちゃったね。あいつ、良いやつだけどルトコンベアにゴミ落ちてても全然気づかねえんだもん。水色のでっかいガラスの破片が流れてきても、あいつ見逃してて。超謝ってた。寝てんのかよー！　って怒られて、寝てませんでした！　って何回も言うんだよな。そこじゃねえって。正直笑った。

俺？　俺は今普通に暮らしてますよ。ぜーんぜん、普通。あの工場もやめちゃったな。今はガソリンスタンドで、一応店長。今度子供産まれるんで、結婚するつもり。でも、こうなると朋希は結婚式呼べねーなあ。

俺、まだ色々話せることあるよ。それこそ、こないだ起きた押し込み強盗の話とかどう？　俺の知り合いが、犯人っぽいの見かけたらしいんだけど。ほら、ばあさんが五十万以上盗られたって悪質なやつ。えー、これより朋希の話が聞きたいの？　だとしたら、朋希ってやっぱすげーことやらかしたんだなあ。

＊

お母さんがいなくなって親戚に引き取られるかっていうので揉めて、施設に入ったりしてるうちに卒業になって、サコセンともお別れになった。中学は行きました。でもあんまり学校は行かなかったです。卒業したら俺は工先輩の紹介でパン工場で働くことになりました。工先輩は西小井田中の先輩です。

先輩も周りも良い人ばっかだったけど、仕事自体は大変でした。不合格のパンは形を見りゃわかるけど、それと一緒にベルトコンベアにゴミがあったらいけないとか、異常があったら報告しろとか、そういうのがくっついてくるのがしんどかったです。

あと、中学を卒業して、友達が高校に行ったら、なんか高校組と中卒組で分かれて、呼ばれた時しか会えなくなった感じがして、寂しかったです。みんなインターネットで繋がってるらしいけど、俺は文章を書くのが苦手だから、みんなが書いてるのを読むのもしんどくて、向いてなかったです。たまに俺の寮にみんなが来て、喋ってくれるのは楽しかったです。俺はみんなと会うのが好きだ。授業が無いから、みんなの前でやらかすこともなかったです。

合田も俺の寮によく遊びに来ました。合田は相変わらず暗かったけど、その頃は結構普通に背が伸びていてよかったです。合田も中卒組で、どっかの会社に入ったらしかったです。どういう会社だったとかはよくわかんないです。最近どうよ、と言うと合田はまあまあ、と答えました。金が無いっていうから、あんまり飲みには行かなかったです。あーはい、まだ二十歳じゃないです。でも、みんな飲んでたし、飲まないと飲み会じゃなくなっちゃうので。

働いた金は、大体飲みで消えました。寮も無料じゃないし、最近のカップ麺は高いし。ご飯作ってくれる人がいないから、俺は自分でどうにかしなくちゃなんなかったんです。

お母さんですか。なんか……よくわからないです。

お母さんはある日急に消えたんです。最初は買い物にでも行ってるんだと思ったけど、そうじゃなかった。流石に、一ヶ月も買い物行かないですし。本当にいなくなったのかわかんなかったから、お母さんじゃなくて、駄目って言われてたおふくろ、って呼び方をして、昔みたいにママとか呼んだけど、別に出てこなかったです。やべー、これ、捨てられたってやつじゃん、って思いました。六組の松本も母親が出て行って、それで大変なことになったって話を聞いてた。俺は、もしお母さんが戻ってきた時に、お母さんが俺がどこにいるかわかんなくなるのが怖かったです。

工場は結局クビになりました。多分、仕事がちゃんと出来ていなかったからだと思います。話している時にボーッとしているらしいです。確かにそうかもしれないです。

工場の次に働いていたのはコンビニです。次は忘れてしまいましたが、色々やりました。はい。カラオケでも働きました。カラオケはみんなを呼んで騒げて楽しかったので、辞めたくありませんでした。けど、仕事を探してるっていう合田を誘ったら、そこでヤクザみたいなのを中に入れてクビになって、俺までクビになりました。俺が紹介したのが悪いって言われたら、そうかもしれないと思いました。

合田は俺に代わりの仕事を紹介すると言いました。俺でも簡単にできて、お金が稼げる仕事だと言われました。けど、俺はもう新しいコンビニで働いていました。なので、断りました。でも、簡単にできる仕事があるならどれだけいいだろう、と思いました。工場のことを思い出しました。次やったらクビだって班長に言われて、今のところクビじゃないけど、いつクビになるかわからない、そういう気持ちがすごく嫌でした。

俺が仕事を断ったら、合田は怒りました。よくわかんなかったです。怒ってる合田は、他の人とは比べものになんないくらい顔が黒いです。

……なんか、言っていた気がします。お前とセットになったから、俺もシショウみたいな扱いされて、もうふざけんなよ、とか。俺みたいなのが周りにいたから、同じ箱に入れられたんだって。俺はただカスどもにいじめられてただけだったのに、お前と一緒みたいにされてさ、って。だから逆転しなくちゃなんないのによ、周りを見返してやんなくちゃなんないのによ、って。そう、舐められたら終わりって、合田が言っていました。

でも、俺にはよくわかんないです。終わったら、何が起こるんですかね。俺って、終わってない時あったのかな。

それで師匠？　俺って何の師匠？　って聞いたら、合田は更に俺を睨みつけて、そのまま行ってしまいました。俺は流石にびっくりして、追いかけて合田に謝ったんですが、駄目でした。合田はなかなか許してくれなかったけど、最後は許してくれて俺の友達に戻りました。俺と合田はそれからも連絡を取りました。でも、合田とは働きませんでした。

◆合田の元恋人・甲斐真知　取材・切谷郁　六月十二日

えー、正直よくあたしのこと分かったね。うん、そうだよ。一年くらい前だけど、合田と付き合ってた。うーん、今思うとなんでだろって感じだけど、野心あったからかな？　合田とはねえ、先輩の知り合いって感じで。背ぇちっちゃいからこっそり超厚底の靴履いてて。けど、まあいいかなって。なんか、好き嫌い多かったんだよね、合田って。なんか色んなもん弾いて食べてた。セロリとか……きのことか……あと何かあったけど、忘れちゃった。だから、背ちっちゃかったのはそれも理由なんじゃないかな。うん。けどまあ、そこにいたメンツの中では賢そうだったから付き合った。実際付き合うとなんかいつも焦ってる感じで疲れたから、別れたけど。

でも、こないだ久しぶりに連絡来たの。それが例の動画の件。友達の妻貝ってやつと撮るって言ってたもん。アイデア話したかったんだろうね。あたしも絶対バズるならすごいじゃんって返した気する。

だから、お姉さんので正解。あれ撮ったの合田だよ。マジで馬鹿だよねー。あれって合田も共犯になんの？

でもね、あれただの悪戯じゃないんだよ。妻貝が合田に無理矢理撮らせたわけでもない。合田のとっておきのアイデアなの。あれの目的、わかる？

合田はね、あの動画でエコ・ダイニングの株価を下げるのが目的だったんだって。食器ペロペロ動画なんて出たら、エコ・ダイニングが何にも悪くなくても売り上げ悪くなるでしょ。株価も下がるでしょ。で、合田はその安くなった時に株を買うんだって。いずれ株価は元に戻るから、その時に株を売れば差額で大儲け出来るんだってさ。それ聞いた時、正直賢いなって思っちゃったよ。妻貝には、儲かった分の半分をあげる約束だったんだって。これすごくない？

みんな馬鹿がやったこととか、馬鹿だからーとか言ってたけど、合田と妻貝はそこを逆手(さかて)に取ったんだよ。あたし、だからあの炎上見ても「お前らが馬鹿じゃーん」って舌出してたんだ。あんなの、ふつーの人間がやるわけないもん。

……黙らないでよ。どう思ってるの？　馬鹿にしてる？

あー、ごめん。普通はそういう考えになんないよね。ちょっと過敏になってたや。質問考えてただけ？　そっか。ごめんなさい。

あ、そうだ。これ、このスマホ、合田のお下がりなんだ。

合田、結構プライド高くてさ。粉平(こだいら)……粉平っていうのが、合田の後輩なんだけどね。粉平が「合田先輩って結構古めのスマホ使ってるんですね」って言ったことがあったんだけど。

合田、めっちゃキレてさ。粉平は馬鹿にしたつもりなかったはずなのに、もうその場にあったコップとか壁に投げつけて大暴れ。もー、大人しいやつほどキレるとヤバいよね。

次の日に、一番新しいiPhone買ったんだよ。借金してまでさ。あたし正直馬鹿だなーって思うのと、お下がりとはいえスマホもらえるの嬉しいなーって思うのと、あと、なんか怖いなって思ってた。俺は左利きだから普通の人より賢いって、そういうのもずっと言ってた。本当ならさ。そういうこと言ってる方が馬鹿っぽいのにね。合田は他の人より自分が頭いい理由を何個も何個も探してるみたいなやつだった。

舐められたら終わりなんだ、ってよく言ってた。

舐められたら、ずっとそうやってレッテルを貼られるって。どれだけ頑張っても逆転は無いんだって、口癖みたいになってたね。ちょっと分かるけど。未だにさ、中学校の頃とか下だったやつ、なんか臭く見えるもんね。

あいつ、危ない橋渡ってでも金が欲しいタイプだったんだよね。実際、それでなんかきな臭いことやってて、それも別れた原因だった。今回のはすごいと思ったけど、動画に出てる妻貝のこと、何にも考えてないよね。撮影してる合田は安全だけど、妻貝はそうじゃないんだもん。

だから、刺されたんじゃないの。いくらお金がもらえるからって、あんなの晒されたら普通に生きていけないもんね。あたしが妻貝でも、刺してたよ。だから正直見直しちゃったな。あいつ、やられっぱなしじゃないんだって。舐めたやつに思い知らせてやんの、ちょっと格好いいじゃん。

ちなみにあのＩＤね、逆から読んだ合田の誕生日だよ。で、じゃいあん。わかりやすいね。

◆西小井田刺傷事件について報道するラジオニュース

六月十一日午後九時頃、西小井田市の野尻川近くの草むらで、市内に住む合田健さん（19）が腹部を刃物で刺された状態で発見された事件で、警察は十二日、市内に住む妻貝朋希容疑者（19）を殺人未遂の容疑で逮捕しました。合田さんは腹部を刺され意識不明の重体。手荷物は荒らされておらず、財布には現金数万円がそのまま残っており、物盗り目的ではないと見られています。妻貝容疑者はレストランチェーン・ファミリーエコスでの迷惑行為を撮影した動画で話題となっていました。警察は当該動画のことも含め、動機の解明を進めています。

◆SNS上のコメント　六月十一日

〈エコ・ダイニングをたった一人で傾かせた男〉／〈あーあ、育ち悪い顔してるからやると思ったよ〉／〈マジで後先考えてないよね。なんでやった？〉／〈こいつの通ってた中学校もう無くした方がいいでしょ〉／〈死刑でいいわ。見せしめになるから〉／〈こいつのせいでファミコス行けなくなった〉／〈妻貝以来過去のペロペロ動画も掘り出されてるよな〉／〈一生粘着して追い詰めてやるからな〉／〈てか妻貝なんでこんなことしたの？　サイコパスだから？〉／〈馬鹿だからだよ〉／〈馬鹿だから〉

◆合田健の後輩・粉平勝(まさる)　取材・切谷郁　六月十四日

合田さんのことはよく知りません。誰から僕のことを聞いたんですか？　……あー、甲斐ですか。女ってマジで口軽いですよね。あ、別に記者のお姉さんのことを馬鹿にしてるわけじゃないんで。一般論としてってことです。

確かに、合田さんは先輩です。何のって……バイトですよ。あ、カラオケ？　違います。コールセンターですよ。カラオケは俺と知り合う前にやってたみたいです。でもカラオケ屋の話するとキレられるんで、よく知らないです。ええ、本当ですよ。

でも、仲が良いわけじゃないです。本当にただの——先輩で。あ、はい。すいません。なんか、俺、人と話してる時でもスマホ弄っちゃうんすよ。正直スマホ中毒なとこあって。右手の小指にスマホだこ出来てるんですよ。ははは。え、このスマホ？　……代替機っすね。実は、スマホ無くしちゃって。今だとどこもスマホ取り寄せなんですよ。在庫が無いとかで。だから俺十日くらい自前のスマホ無しです。マジでつらいっすわ。

……あー、はい。あの日俺は妻貝さんのことを見かけました。

別に仲良いわけじゃないですってば。けど、合田さんとよくいるのを見てたんで。あの人ってめちゃくちゃガタイが良いから目立つでしょ。挨拶くらいはしたことあります。でも、どういう人かはまるで知りませんでした。

元々、僕は合田さんと待ち合わせしてたんですよ。……仲良くないって言ってたのは、そりゃ、かなりご無沙汰だったし、そもそも反りが合わないし……そういう話ですよ。全然会ってなかったのに、久々に呼び出されたんです。なんか、合田さんが急に奢ってくれるって言い出したんですよ。行かないと不機嫌になってキレるし、タダ飯食えるなら行ってもいいかなって思って行きました。あの河原沿いの道って合田さん家方面への近道だったんすよね。

そうしたら……河原の土手の草がぼうぼう生えてるところで、妻貝さんが合田さんを刺してるのを見ました。はい。馬乗りになって、思いっきりグサッて。

最初は……誰か分かんなかったです。もう、パニックになっちゃって。どうしようどうしようって思ってる自分と、冷静にああ、あれ合田さんの友人の――妻貝さんだなって思ってる自分がいたんです。妻貝さんはそのまますぐに土手からこっちに走ってきました。

最初は妻貝さんのこと止めようとしたんですよね。けど、話しかけようとしたら突き飛ばされて。はい。胸倉を摑まれました。その時の服は警察に提出してます。間違いなく妻貝さんの指紋がついてると思います。

俺はそのまま突き飛ばされて……この時点で正直クソ怖いじゃないですか。だって相手は人刺してるんすよ？　だから、もうその場から逃げちゃいました。けど、しばらく走ってから、このままだと合田さんがマジで死ぬんじゃないかと思って、河原に戻ったんです。そしたら救急車が来ていました。通報したのは、犬の散歩してたおじいさんだったんですよね。夜だったけど街灯と明るい色の服を着ていたおかげで、おじいさんでも草むらの中の合田さんが見つけられたみたいです。

それだけです。合田さんと妻貝さんは仲が良いイメージだったので正直信じらんないです。あの動画撮ったのだって、合田さんだったのに。ああ、はい。俺も合田さんから聞きました。株価を操作しようとしたみたいです。俺もめっちゃ賢いと思ったし、なんなら俺も買ってやろーって思ってました。でも代わりに炎上でしょ？　普通だったらキレますよ。合田さんの計画のせいで人生台無しにされたわけですから。

　それが理由で刺されたんだとしたら、うーん、でもまあ、合田さんも可哀想ですよね。普段から妻貝さん相手に理不尽にキレたり物投げたりしてたんならまだしもね、こんなことで刺されるなんて。

◆那須隼人（二回目）　取材・切谷郁　六月十五日

　だーかーら、舐められたくなかったからだって言ってんじゃん。うん。間違えてないって。動画ん時と同じだよ。舐められたら終わりなんだよ。舐められるってことがどんなことか、お前らマジで分かってないだろ。てか、これ前の人にも言ったよね。

　一旦下行ったらマジで地獄なんだって。出来上がった空気を壊せないから、マジで終わるよ。てか、妻貝はもう抜け出せなくて、そっから全部終わったとこ、あるよな。終わってたんだよな。んで、完全に抜け出すには一発逆転するしかなくて、あの動画は一発逆転の方法だったけど、ぎゃーぎゃー言うやつらのせいで駄目になった。そうなったらもうさ、追い詰められんじゃん。ってなったらメンツしか残ってねえんだよ、妻貝には。

　あとは金？　合田って金持ってたんでしょ。八万くらい。八万がめっちゃ必要だったら、刺すんじゃねえかなあ。こないだのばあさん襲われたのも、あれ一人で寂しいだのじーちゃんが死んで保険金がどうだのあれこれ言ってたからなんだって。時間の問題だったっつってるよ、みんな。弱み見せた時点で、あのばあさんは人間じゃなくて金になったんだよ。

俺だって妻貝のことあれこれ言ってるのはさ。金欲しいからだもん。ちょっとでももらえるなら時給的にありじゃん。だから、わざわざファミコスまで来たわけで。ねえ、マジで？　金くれないの？　は？　情報提供者に金やっちゃ駄目とか、俺のこと騙くらかして値切ろうってこと？　んなわけないじゃん。だって俺、あの磯俣っておっさんから五千円もらったもん。意味わかんねえよ、なんでおっさんはよくてあんたは駄目なんだよ。同じ記者なんだろ。もし金くれねえっつうなら、騒ぎにすっからな。どうやってじゃねえよ。俺がするっつったら必ずするけどいいの？　マジで。ていうか合田は金盗られてない？　知らねえよ。合田が金盗られてねえことと俺が金貰えねえことに何の関係があんだよ。

そうそう大人なんだから、対価ってのは払わないとだよな。不公平だよ。あんたって良い学校出て新聞会社に勤めてるんだろ。金持ってるんじゃゃんかよ。

妻貝はずっと舐められきってたから、最後の最後に合田に舐められんのが許せなくなったんだろ。わかるわ。合田なんて妻貝より下じゃん。なのにデカい顔すんなよな。

◆誠報新聞　記者・磯俣卓　六月十六日

たかが五千円だからな。わかってる、それ以上言うな。那須隼人みたいな人間に口を割らせるにはどうしても金が必要になってくるんだよ。五千円で嬉しそうにしてたあの男の顔、知ってるか？　……まあ、そうじゃなきゃあ、そんな顔しないか。分かってる。だからこうやってファミコスで昼飯奢ってるだろ？　ほら、この赤い漆器だって見納めかもしんないからな。ありがたく食っとけ。

けど、なかなか面白い経験だったよな。俺だって記者をやって長いが、自分が追った男が、一週間後に人を刺して捕まるなんてそうそうない。

ああ、面白い事件だと思ってる。特に、お前が理解出来ないと言っているところが、この事件の一番興味深いところだ。話を聞いた人達の中では不適切動画を上げたことも、合田を刺したことも、重みが同じなんだよ。もう一回話を聞いたとしても、多分同じノリで話すだろうな。

確かに同じではあるんだろうさ。どちらも妻貝朋希を一目置く存在にさせた。自分達では到底出来ないことを成し遂げたって意味で。地元で有名な問題児が根性見せた事案だよ。一応これで、もう妻貝朋希を嵌めようってやつは出てこないだろう。

こんな狭いコミュニティで武勇伝を作って何の意味があるかって？　それが、あるんだよ。だって、西小井田の人間の大半は西小井田から一生出ないんだから。かつての妻貝朋希を知る人に連絡をしようとしたら、芋蔓（いもづる）式にコンタクトが取れただろう。彼らの大部分が地元を出ずに同じ人間関係の中で人生を送っているからだ。

ここは、お前が想像しているより閉じてるんだよ。

なんだその顔？……本当に犯人は妻貝なのかって？　どうだろうなぁ。一応、妻貝自身は容疑を否認しているようだがな、防犯カメラには妻貝の姿が映ってる。妻貝を現場近くで見たって粉平は、ジャケットを摑まれたって主張してて指紋が出てる。凶器はまだ見つかってないが、妻貝はサバイバルナイフを何本も所持してて、合田の腹の傷は妻貝が最近紛失したナイフの刃の形状と一致する。もう決まりなんじゃないかって思うんだけどな。切谷はそれじゃ納得いかないのか？　……何かを見過ごしている気がする？　一体何を？

じゃあ——……事の発端（ほったん）まで遡（さかのぼ）って状況を整理してみるか。妻貝朋希が食器を舐める不適切動画を撮ったのは六月三日の午後一時頃。ファミリーエコスの防犯カメラには、その三十分前に入店する妻貝と、茶色のジャケットにサングラス、マスクを付けた背の低い男が映っている。動画を撮るにあたり、身元がバレないようにしたんだろう。

その割に妻貝の顔が丸出しなのは、そういうことを本人が一切考えていなかったからだろうな。演者が顔を隠してたら動画としては盛り上がらないからかもしれない……か。

無くはないのが恐ろしいところだよ。

不適切動画はその日の十六時二分に投稿。そして一時間後には八十二万回再生を記録。驚異的な速さで拡散され、これにより妻貝朋希は『炎上』状態になった。翌日の六月四日には、ファミリーエコスを経営している株式会社エコ・ダイニングが法的措置を取ると表明。とはいえ、その時はまだ妻貝朋希は事態の深刻さなんてまるで分からない状態にあった。

何しろ妻貝は、炎上動画で有名になったことを、むしろ誇っているようだったらしい。その間も、ネット上で妻貝朋希への批難はやまず、妻貝に凸行為――わざわざ会いに行くような行為――が多く行われたみたいなんだけどな。こっちは知らないのに、あっちは自分のことをよく知っている……それってどういう気分なんだろうな。

そして丁度一週間後の六月十一日、妻貝の友人である合田健が西小井田の河原にて腹部を刺され、意識不明の重体となった。現場近くにあった自動販売機の防犯カメラに土手を自宅方向へ歩く妻貝朋希が映っていた。また、合田の後輩である粉平勝が合田を刺す妻貝を目撃、接触したと証言している。その時の妻貝の格好は、黒ずくめの長袖長ズボンだった。長い袖でナイフを包み込むように持ち、指紋が付かないようにしていたのではないか、と考えられている。

確かに、今回の事件現場は妻貝の家から近く、バイト先のコンビニへと向かう時にいつも通る道だ。事件が起こる三十分前にバイトを上がったことは確認が取れているらしいから、防犯カメラに妻貝が映っていたこと自体はおかしくない。ただ、それ以外に妻貝が犯人であることを示す証拠が複数出ちゃあな……。

それにしても合田はよく助かったよな。スマホも壊されて助けすら呼べなかったのに。スマホって川から見つかったんだっけか。中身が見られたら何かわかったかもしれないが、復元は……無理だろうな。

倒れている合田を見つけたのは、夜に犬の散歩をしてたおじいさんだっけか。そう思うと、目立つ赤いパーカーを着てて良かったな。

動機は割とはっきりしている。甲斐真知の発言を覚えてるだろ？　合田はエコ・ダイニングの株価を下げる目的で半ばテロのような動画を公開したっていうやつ。妻貝と合田の関係を昔から知ってる奴らは、殆ど妻貝が無理矢理合田に撮らせたに違いないって言ってたから驚いたよ。あいつら、事件が起こってから勝手に想像を膨らませていったらしいな。

だが分かってると思うが、その程度で株価は下がらん。そりゃ少しは下がりはした。けど合田の計画でいったら百円、二百円になるレベルじゃないと割に合わないだろう。下がったとはいえ、エコ・ダイニングの株価は一株九六八二円だ。合田はそもそも一〇〇株でも買えたか？　絶対に買えなかったはずだ。

合田の馬鹿な企みに乗ったのに株は買えず、結果引き起こされた炎上は最悪だ。おまけにエコ・ダイニング側から訴訟まで起こされそうになっている。そうして恨みを抱いた妻貝が合田を刺したっていう構図には説得力がある。

なあ切谷、俺達の仕事はここまででいいだろう。集めた証言を基に件の迷惑動画の撮影者の素顔に迫る――なんて書けば、相当話題になるはずだ。合田健が意識を取り戻したり、妻貝がちゃんとした何かを喋ったら続報を打てばいい。

なんだ。まだ納得がいかないのか。どうしてお前はそうも妻貝のことを気にするんだ?

……ああ、お前の推測は正しいだろう。俺達の取材から浮かび上がる妻貝の姿はその特徴と合致する。ただ、診断は下りていないはずだ。それを受けさせようって大人が、あいつの周りには一人もいなかったからだ。

お前の言う通り、妻貝は境界知能なのかもしれない。平均とされる値よりIQが低いものの、知的障害の範疇にまでは入らず、その境界にあることから、生きづらさを抱えていても気づかれないことが多く、支援の手が届きにくい。

そういった人間は、日常で接している範囲では、不真面目なだけだったり、ちょっと抜けてるだけのやつに見えてしまうからな。正に学校や職場での妻貝の印象がそれだ。そうなると、適切な支援を受けられずに勉学や就業に著しいハンデを負うことになる。

その結果、非行に走ってしまったり、犯罪に巻き込まれてしまうことも少なくない。

適切な支援に繋げていれば、というのは大正解だ。けどな、残念ながら妻貝はそういう支援も情報も届く場にいないんだよ。あいつは馬鹿で不真面目なだけ。それで片付けられるのがあいつの世界だ。似たような事例がこの国に何件あると思ってる？　そいつらに手が差し伸べられることは滅多にない。何かをやらかした時に石を投げられるだけで、対話すら殆ど試みられない。事実、今回の事件だって、世間からしたら『粗暴で短絡的な人間が衝動的に友人を刺した』としか見えていない。

――妻貝朋希があまりにも報われませんか。報われる、という言葉が果たして適切なのかも分からないな。杜撰な計画に乗って一攫千金を目指した結果、友人を刺してしまったともなれば、そりゃあ報われないだろうが。

もし妻貝が、正しい支援を受けてちゃんと社会に受け容れられていたら――と考えているんだろう。けれど、妻貝からしてみれば、今までだって地元の人間関係の中ではそれなりに受け容れられていたんだ。妻貝は自分の知っている基準の中に身を置き、そこだけで生きていたんだよ。

ああ、そうだ。……妻貝は合田を刺していないと主張しているが、言っていることがまるで要領を得ないらしい。言語化が苦手な妻貝は自分の容疑を適切に否認することも出来ない。ましてや、警察の取り調べに耐えることなんて不可能だろう。

だから、お前が代わりに妻貝の無実を証明するって？　何を言い出すんだ。ファミコスに連れて来てくれたおかげで、違和感の正体に気付いたかもしれない？

……そうだな。お前が俺を納得させられるんなら、力を貸してやる。

この事件で何が見過ごされているのか、言ってみろ。

◆高商共同連合　地方事業統括主任・西松樫　取材・切谷郁

実際、おたくはどこまで書くつもりなの。絶対俺の名前もグループの名前も出さないって、それこそ念書でも書いてもらわないと、落ち着いて話すら出来ないね。磯俣さんの顔を立てる意味でも、おたくのことは信用したいんだけどね。

ああ、こんな取引してるのって、やっぱり会社的にまずいんだ。へえ……いや、記者ってそういう建前より美味しいネタの方が大事な連中だと思ってたから。磯俣さんも切谷ちゃんも大手じゃないから余計ね。大手じゃないから、こんな変な事件に首突っ込むんだろうけど。

ま、いいでしょう。俺は磯俣さんには世話になってるから。合田のことくらい、いくらでも喋りますよ。

って言っても、合田なんか殆ど何も関わりないんだけどね。合田は末端も末端、バイトみたいなもんだよ。でも、いくらバイトだっつっても、シフトは守らないとだろ？　あいつがやるべき仕事をやんないから、埋め合わせが必要になったんだよ。捕まらねえって言ってるのに、肝が小さくてさあ……。金を引き出すことくらい、誰でも出来んだろ。で、直前にばっくれたから、その日に入る予定だった五十万、合田に補塡してもらうことになった。それだけ。

……え、合田、マジでそんな方法で補塡するつもりだったの？　アホかよ。アホだと思ってたけどマジでアホだったんだな。アホな思いつきで人の人生ぶち壊して、それで刺されたわけ？　マジでウケるな。

でも、あいつはちゃんと金持ってきたんだよ。ぶっちゃけビビったわな。五十万、もしかして本気で株買うつもりでどっかから借りてきたんかね。まあ今となっちゃもうどうでもいいわな。

合田がどんな感じだったかって？　なんか自分より下って見做した人間にはやたらと当たりがキツいんだよな。しかも、下認定って身長とかなんだよな。あいつ、自分がちっちぇーから、同じくらいの身長のやつはクソみたいに舐めるんだわ。普通、そこじゃねえだろ。せめて金とかだろって。あれじゃあ恨み買うのも当然だっつの。

一つ聞きたいんだけど、どうしてこんな事件がそんなに気になるんだよ。あんなクソ動画撮ろうってなる馬鹿なんて、誰も気にしないだろ。社会のゴミだよ。むしろこのまま外に出さないで、社会から離しといた方がいいんだよ。知ろうとするだけ無駄だよ、馬鹿だから。

＊

みんな言うんです。社会に出たら言い訳がきかなくなるよ、って。でも、そんなこと言われなくても、俺の言い訳が通用した試しが無い。失敗したら怒られるのは、全然変わらないし。ただ、言い訳出来るとしたら、やっぱりお母さんにしたいです。いなくなるってわかってたら、ちゃんと俺は言い訳をしたはずです。

お母さんがいなくなるちょっと前に、お母さんが俺に聞いてきたんです。朋希はやっぱり、普通の子と違うの？　って。

答えらんなかったです。普通じゃないって言ったら、多分お母さんは『ともき箱』を見た時みたいな顔になるってわかってたから。俺が黙ってると、お母さんはなんか、笑いました。でも変な笑顔だった。眉毛がぎゅっと寄って、顔がどんどん黒くなっていく感じ。コバセンと同じ顔してんじゃんって思ったら、面白かったけど怖かったです。

さっきも言いましたけどお母さんがすげーよく言ってたんですよ。朋希には何か別のものがあるのよねって。障害のある子は特別な才能があるんでしょ？　朋希は多分えーけーびーだから、芸術の才能があるはずなのって。なんですかね。えーけーびーってアイドルでしょ。俺はアイドルじゃないですよ。

お母さんの言っている意味がわかんなかったです。芸術って言うのは絵のことだけど、俺はすごく下手だったので。色が、何を使えばいいかわからなくて。でも、お母さんがそれじゃ駄目だと思っているのはわかって、ヤバかったです。俺は足りてないんだから、何か代わりにないといけないだろうって思いました。でも、俺の中にはお母さんの欲しいものは一個もない。俺は箱を作られるんです。どこいっても箱ばっか。お母さんの嫌いな箱です。あんな箱やめろって言えば良かったです。俺はお母さんを悲しませたいわけじゃなかったからです。サコセンに、もっとちゃんとお母さんのこと説得してもらったらよかったです。サコセンは俺でもすごい人になれるって、言ってくれたからです。

パン工場をクビになって、ガソリンスタンドをクビになって、カラオケ屋もクビになって、ビデオ屋の面接も駄目だった時、合田の言っていた仕事をすればよかったと思いました。でも合田と俺は全然違うんだと思いました。同じくらい勉強が出来ないところから始まったけど、合田はそうじゃないんだ。あいつは本当は賢いんですよ。だって、俺の知らないことも、周りのみんなが知らないことも、沢山知ってるし。ちゃんとしてたら、もっと勉強が出来たはずだから。ジャイアンじゃなくて、出来杉（できすぎ）くんだった。合田の言うことを聞けばよかったかもです。そうですか？

馬鹿なことはわかってるんだけど、馬鹿をどうしたらいいのか俺はわからないです。俺はちゃんとしたいです。お母さんに、俺の足りない分を埋める分だけのものがあるって、言い訳したいです。そうやってぐるぐるぐるぐるずっと考えてます。毎日です。合田からあの連絡があった時も、ぐるぐるぐるぐる考えてました。

◆切谷郁から磯俣卓へのメール　六月二十日

おつかれさまです、切谷です。

先日は西松と繋いで頂いてありがとうございました。磯俣さんの力を借りられなければ――私だけでは、会うことすら出来なかったと思います。

お陰で、この事件の本当の姿が分かりました。私の考えを送らせて頂きます。

まずは、ファミリーエコスの防犯カメラの映像を思い出してください。

本当に気を付けられていましたね。混雑時でなければファミリーエコスは好きな席に座っていいと言われますから、事前に最適の席をリサーチしていたんでしょう。妻貝朋希の顔は映っているのに、撮影者は巧みにカメラの正面を避けている。

背格好だけ見たら撮影者は合田健に似ていますし、取材の過程で多くの人から『動画を撮影したのは合田だ』と聞かされていた私達からすれば、その人物は合田に違いないと思ってしまうのもしょうがないです。ですが、顔がはっきり映っていない以上、合田になりすました誰かという可能性も考えなくてはいけなかった。

そう――彼は合田ではないんです。動画の最後に、妻貝が撮影者とハイタッチをしようとして右手を差し出していますよね。普通、スマホを操作している方の手とハイタッチをしようとする人間はいません。つまり、この撮影者は右手でスマホを操作しているんです。しかし、甲斐の証言からすると、合田は左利きです。

それに――テーブルの上にマルゲリータピザが載っていますよね。撮影者も一皿の半分を平らげたものです。チーズがたっぷりかかった、ファミリーエコスの人気商品ですが、乳製品アレルギーの合田は絶対に食べられないであろうものです。

このことから、この撮影者は合田ではないことがわかります。

合田はわざわざ元恋人やら教師やらに連絡して動画の撮影を仄めかし、自分の誕生日を匂わせるようなＩＤのアカウントまで作りました。そうやって合田が撮影したとしか思えない状況を作ったうえで、撮影を何者かに任せてアップロードさせたんです。

一見、意味の分からない行動ですよね。でも私達が集めた証言を再検討すれば、おのずと意味が生まれてきます。

あの日、ひとり暮らしの高齢者宅が襲われて五十八万円が盗まれるという押し込み強盗事件が起こっていました。事件の発生は撮影とほぼ同時刻です。さらに西松は仕事でヘマをした合田に五十万円を補塡するよう迫っていました。この二つの事実から推測し、合田が強盗事件の犯人だと仮定すると、不可解な行動に意味が生まれます。アリバイ工作です。

計画としてはシンプルなものでしょう。ある動画をアップロードし、その撮影者だと主張する。それが認められれば、合田は犯行現場にいなかったことになるんですから。これだけ目立つ迷惑動画だと、妻貝朋希の関係者だと言って、語りたがる人達が増えます。捜査関係者やマスコミが話を聞きに行けば、彼らは妻貝と合田のことを偏見と思い込みに満ちた形で喜んで話すでしょう。野次馬根性の強い彼らにほんの少し伏線を与えておけば、自然と『妻貝に脅されて無理やり動画を撮影させられる合田』が出来上がります。また、結果的に動画の反響が強盗事件から世間の目を逸らすことにも繋がりました。

仮にそこまで上手くいかなかったとしても、合田が強盗の現場にいなかったという最低限のアリバイは確保出来たでしょうね。

そして動画に出るのは妻貝朋希じゃなければいけなかった。だって、撮られた当の本人である妻貝が『動画を撮ったのは合田じゃなかった』って言いだす可能性がありますから。でも仮に彼がそう訴えたところで、これだけ周りが合田説を唱えている中で、馬鹿で愚かで周りから舐められてる妻貝朋希の言葉を、誰が信用するでしょうか。

妻貝朋希は言い訳が下手で、愚か。

周りは彼の話なんか聞かない。

それだけで充分でした。それだけで、納得させられてしまう。

日頃からノリで——他人の期待に応えて、おちゃらけるような態度を取ることで周りの人間に受け容れられて来た彼ですから、周囲で合田が撮影したことになっているのなら、それを上手く否定出来ないでしょう。むしろ、同調してしまうかもしれない。

勿論、妻貝が動画撮影に応じなかったら、合田は別の手を考えなければならなかったでしょう。けれど、持ちかけるだけは無料です。リスクなんて無いんですよ。万が一妻貝が引き受けたら、世間に対する最高の隠れ蓑を手に入れることが出来る。

そんな、身勝手な計画に、妻貝朋希は巻き込まれてしまった。

私は今でも合田がそんなことをしたなんて信じられません。何故なら動画の内容があまりにも悪質で、他人の人生を壊すものだからです。企業にも多大な迷惑をかける。自分の罪を隠蔽する為とはいえ、あまりに失うものが——失わせるものが大きすぎます。それを理解してなお、実行に移すでしょうか。普通の人間なら、しません。ましてや友人相手には、絶対に。

けれど合田はそれをやったんです。

妻貝朋希の人生など、どうなっても構わなかったから。

すみません、話を戻しますね。

私はこの時の撮影者は粉平勝だったのではないかと考えています。右手にスマホだこがあるということは右利きでしょう。しかも彼は、十日くらい前にスマホを無くして代替機を使っていると言っていました。もし私が合田なら、全てが終わった暁には、撮影とアップロードを行ったスマートフォンは処分させるでしょうね。動機もあるんじゃないでしょうか。粉平は気性の荒い合田に日頃から当たられている様子が窺えました。話した限り、あまり合田のことを慕っているようにも見えません。

しかも、粉平は撮影役にぴったりです。何しろ、背格好が自分と似ている。西松曰く、合田は体格が恵まれない相手を見下し、高圧的に振る舞う傾向があります。甲斐の話を聞く限り、合田は常日頃から粉平に対し酷い扱いをしていました。それなのに、粉平は彼から離れられません。恐らく、もう力関係が出来上がってしまっていたからでしょう。

果たして合田の計画に付き合わされた粉平には見返りがあったのでしょうか？　もしかしたら、最初は上手い言葉で釣ってきたのに、終わっても合田は粉平に何も与えなかったのかもしれません。実行役として泥を被ったのは自分なのに、舐めた扱いをされている。

そんな気持ちを募らせている時に、妻貝という体よく罪を押しつけられる相手を見つけたら？　鬱陶しい先輩を排除する機会に恵まれたとしたら？　もし粉平が合田を刺した犯人なのであれば――合田を排除しようと決めたのは、動画を撮った日なのかもしれませんね。だとしたら、色々と準備が可能です。

こうなってくると、粉平の証言が怪しくなってきます。妻貝は合田を刺して河原から戻ってきたんじゃなく、バイト先から帰る時にただ通りかかっただけなのかもしれない。ただ、ここで一つ疑問が湧いてきます。恐らく、読んでいる磯俣さんも同じことを考えているでしょう。

草むらの中に倒れていたとはいえ合田は老人が気がつくくらい目立つ色の服を着ていたんですから、妻貝が通りかかった時、普通は合田が倒れていることに気づいて助けを呼ぶでしょう。だが、彼はそうしなかった。それならやはり刺したのは妻貝朋希なのではないかと。

でも、そうではないんです。

妻貝は気づかなかっただけなんです。助けを呼ぶ、呼ばないの前に、彼は合田が倒れていることすら知らなかった――。

何故なら、妻貝朋希は色覚異常を患っているのですから。

誰も妻貝が色覚異常だなんて証言してはいませんでした。

けれど、妻貝を知る人々は、気づかぬままそれに言及していたんです。妻貝はノートを取る時に全くペンなどを使用せずに黒一色でまとめていました。先生が悪戯だと思っていた赤だけのチョーク。あれは、悪戯ではなく色を判別出来ない彼が目に付いたチョークを手当たり次第に補充したから。暗記用のシートを渡しても使われなかったのは、妻貝にとってはまるで用を成さない代物だったから。他にも、妻貝の色覚異常を示すような証言は沢山ありました。そして妻貝は不適切動画の中で、ファミリーエコスの漆器のことを『お野菜の色』と表現していました。ですが勿論、ファミリーエコスの漆器は赤色です。確かに赤い野菜もありますが、野菜の色と言えば多くの人は緑を想像するでしょう。けれど、妻貝にとっては赤も緑も同じ『お野菜の色』なんですよ。

恐らく、彼は大別して三種類くらいの色しか認識していません。草がぼうぼうに生えていた原っぱで赤いパーカーを着た合田が倒れていても、彼は気づかなかっただけなんです。

メールに添付した表を、見て頂けますか。それは色覚異常者の視界をシミュレーションした図です。赤色、茶色、緑色の丸の隣に、枯れ葉色の丸が描かれているでしょう？色覚異常を患っているのであれば、この三色は同じ枯れ葉色になるということです。彼の視界がこうであれば、河原の草むらに赤いパーカーを着て倒れている人間を認識できなくても仕方がない。

妻貝にとって自分のことを筋道立てて説明するのは難しい。仮に本当のことを言えたとしても、周りの大人が本気で取り合ったりするとは思えません。妻貝がいくら「気づかなかった」と伝えても、苦し紛れの言い訳に思われるでしょう。

ですが、彼は倒れている合田に気づかなかっただけなんです。気づかなかった、見えなかった。それが本当であると知っているのは、私達だけです。

そういえば、妻貝はナイフコレクションがくすねられてもどこかで無くしたのだと考えると、神宮字が言っていましたよね。もしかしたら、凶器として用いられたナイフもそうして妻貝の家から持ち出されたのかもしれません。粉平のジャケットについた指紋は、本当に事件の当日ついたものでしょうか？　撮影者が粉平であるのなら、合田を刺す前に何らかの方法で指紋をつけるチャンスはいくらでもあったのでは？

私達は記者で、真犯人を捕まえるのは警察の役目でしょう。

けれど、話を聞き、世の中に伝えるのは私達の役目です。

私は、妻貝朋希に会いたいです。彼の話を聞きたい。彼が本当は愚かではないことを、私達だけが知っているんですから。

＊

あの日、合田は俺に金を借りに来たんです。けど俺は、合田の欲しい金額の金は持っていなくて、合田は貯金とか無いのかよと驚いた顔をするので、俺はまた恥ずかしいの波がくるのがわかりました。俺は呆れられるのだけは本当に嫌でした。どうにか空気を変えて笑わせたいけど、合田がどうしたら笑うのかわからなかったです。金なんだろうけど、金は無かったから。

合田は次に、合田の知り合いのところで働いてほしいと言ってきたんです。けど、俺は人の紹介でする仕事は嫌だと言いました。失敗すると嫌われるからです。俺はカラオケ屋で合田が問題を起こした時、俺まで悪口を言われたのを覚えています。俺が合田の仕事場で何か問題を起こしたら、今度悪口を言われるのは合田です。俺は俺なりに合田のことを考えたのに、合田は黒い顔になって、何度も手を上下に動かしていました。

そしたら、合田が言ったんです。

妻貝は今何が欲しい？　って。

急に難しいことを聞いてくるな、って思いました。そんなこと言われたら、金が欲しい。俺が全然働けなくて、何にも出来なくても生きていけるだけの金が欲しいって思いました。でも、金が無くて困ってる合田が金をくれるとは思えないし、それ以外ならなんだろう、と考えました。

それで、わかったんです。

俺は合田に言いました。

バズりたいって。

バズると有名になるし、お金になる。バズるだけなら俺みたいな馬鹿でもなんとかなるし、バズって金持ちになったら、合田に金も貸せる。これだって思いました。それで俺、聞いたんです。バズる方法、何か知らないかって。

俺がそう言ったら、最初はぶつぶつ言っていた合田が急に笑顔になって、バズる方法があるって言ったんです。

俺、勉強嫌いだけど、YouTubeの勉強は好きです。あの、めっちゃ面白いやつ知ってますか。歩いてる人を大勢で囲むやつ。あれ、超普通のことしてるのにウケますよね。俺あれ大好きで。YouTubeって動画を見ると、自動で次のが出てくるでしょ。あれ見たら、次に交差点で布団を敷いて寝る動画が出てくるんですよ。これは面白くてげらげら笑った。こうしてウケる動画はウケる動画に繋がっていて、俺がこれから作る動画もウケる動画だったら繋がるんだなって思いました。俺、芸人になりたかったんです。俺はクラスでも結構面白かったから、自信がありました。もしかしたら、これは俺に向いているかもしれないと思いました。

動画を撮る場所はファミコスでした。俺はファミコスが好きだからです。合田が撮影してくれるはずだったけど、来たのは合田の後輩の粉平でした。俺は合田が来ないことを残念に思ったんですが、動画は撮れれば合田も見られるのでいいと思いました。

粉平とはファミコス動画を撮る前に、練習の動画も沢山撮りました。俺、ぜってえバズるよう頑張るからさ。気合い入れて撮ってくれなって言ったら、粉平は「妻貝さんの話、よく聞いてます」って言ってくれて、嬉しかったです。練習の時に、ドッキリとかも色々撮ったんですよ。粉平と路上でガチ目のタイマンするとか。粉平、結構いいやつで、俺の持ってるナイフとかすげー褒めてくれましたね。だから、今度一緒にそういうのが売ってる店に行く約束もしました。あ、タイマンはドッキリなので、マジで粉平のこと傷つけてないですよ。フリだけ。ファミコスの動画が上手くいったら、この動画も上げようって思ってました。街中ガチ喧嘩ってタイトルで。

　ファミコス着いた時、嬉しかったな。ピーマンみたいな色のスプーンがあって、やっぱり俺はこの店が好きだなって思いました。

　内容は合田と話し合ったんです。こういうみんなが大好きで人気な店で目立つ面白いことをやるのが、一番バズるって。俺は会議ん時から面白くて、めたくそに笑いました。俺はこの動画がめちゃくちゃ面白くて他に負けない自信がありましたよ。実際、いっぱいの人が見てくれたのはそれが理由だと思います。ファミコスが好きな人は沢山いるし。やっぱ合田は冴えてるなって思いました。

　あと、金を稼ぎたいのもあったんですけど、バズりにはもっといいことがあるんですよ。だって、めちゃくちゃバズったら、多分テレビでもやるからお母さんも見るでしょ。そしたら多分、たまには連絡してやるかあという気になるし、俺がまだ西小井田にいる

 こともわかるんです。これで会いにも行ける。はは、やべ、その、今面白い話じゃないのに、笑っちゃってすいません。

どうしてこうなったのか、本当はよくわかんないです。

俺は、有名になりたかったです。有名になって、今度こそ周りを見返して、特別になるんです。足りなかった分、今度はもらいます。けど、俺がもらえるものがなんなのか、俺はほんとは、全然わからないです。

供米(くまい)

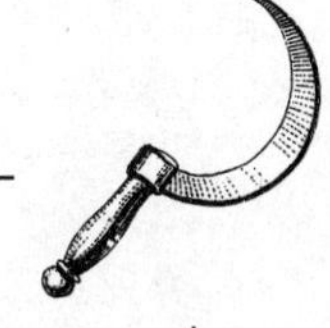

米澤穂信

畏友小此木春雪の遺稿集が世に出た。北原白秋の妥協なき造本と透徹した美意識にはさすがに一歩を譲るが、春雪もまた、本の美しさというものにはこだわる男であった。だのに『空色の楽園』と名づけられたその詩集は、意味ありげでその実ありきたりな題も含め、さして目を惹くような本には仕上がっておらず、私は首を傾げずにはいられなかった。詩人という船頭がなければ本はこのようなものになるかと思えば、いまさらながらに春雪の早逝が惜しまれてならなかった。

造本ばかりでなく、肝心の詩文もまた、斯界を戸惑わせた。工夫のない活字で組まれた詩は、ところどころに春雪らしい言葉の重みもなくはなかったが、かのおそるべき練磨からはほど遠く、どこかしら弛緩したものであったからだ。

二つ輪

テエブルに二つの輪染み
ひとつは汝が生活の証なり
ひとつを我が形見に遺し置く
汝が見ぬ間に湯呑をテエブルに捩じつける
（後略）

そもそも春雪は、こうした日々の起き伏しのようなものはほとんど詩に作らなかった。だが、病み衰えた春雪の意識の変化が詩風に表れたと思えば、これはそれほど不自然ではない。私が不審でならないのは、たとえばこの詩の三行目、「形見に遺し置く」という言葉である。形見を遺すという言いまわしはあるが、形見ならば遺すのが当たり前なのだから、言葉を削ること鬼の如き春雪ならば「ひとつは我が形見」、あるいは「ひとつを遺す」としそうなものだ。語調が合わぬというならば、前の一文を整えればよい。
上田敏先生が『空色の楽園』を手に取り、数篇に目を通すや本を閉じて嘆息し、一言も発しなかったという噂を聞いた。これは所詮ただの噂であったらしいが、そういうことがあっても然るべきと思わせる緩みが、春雪の遺稿集にはあった。春雪が生きて世にあるならば、自らの詩がこのような形で世に出ることを許さなかっただろうとは、たしかに言えた。

春雪の遺稿が上梓（じょうし）されたのは、彼の細君加代子（かよこ）夫人の意向が強く働いたという記事が東京日日新聞に出た。このため斯界には、亡夫の第二等の仕事を世に晒して銭に換えた悪女であると加代子さんを誹（そし）る声も上がった。私は加代子さんのことも少し知っているが、およそ、そうしたことをしそうな人ではない。だが小此木夫妻が帝都を去ってから後のこと、春雪没後の加代子さんの暮らしぶりは詳しく知らないので、苦しい生活が人の心を変えてしまったのかもしれぬとは思った。そこで、一つは抗議のため、一つは加代子さんの心づもりを見極めるため、私は、かつて葬儀のために訪れた春雪の故郷中津川を再び訪れた。この文章は中津川再訪の顚末（てんまつ）を記すためのものである。

著者の名前を伏せるのは卑怯であるという誹りは、甘んじて受けるつもりである。私が自らの正気を疑われることをおそれ名を伏せた心理も、最後には理解してもらえるだろうと思う。

中津川再訪について書くには、まず、春雪の人間について書かなくてはならない。

小此木春雪はおよそ詩人らしくない男であった。トルコ帽をかぶり半コートを着込んだ萩原朔太郎の気障や、風呂敷に原稿用紙と石鹸を包んで持ち歩いた室生犀星の無骨に比べると、春雪はその意味ありげな雅号に反して、月給取りとしか受け取れぬ、至極まともな恰好を一年中貫いていた。詩作を志す者同士として初めて彼に会った時、私は、こんな十人並みの男が詩人でなどあるものかとてんから彼を馬鹿にした。後に彼と友情を結んでから、酒の酔いにかこつけて君の衣服の当たり前さが気に入らんと言ってやると、春雪はむっとした風もなく言い放ったものだ。

「世間並みの恰好しかしないというのは、君、服なんぞどうでも構わないと心底から思っている証だよ。好んで襤褸を着こむような連中ほど、見てくれの御利益を信じているものさ」

この春雪一流の御高説に従うなら、春雪は家屋敷にも一切のこだわりも持たないらしかった。田端の一角に一軒家を借り、春雪はそこに細君とふたり暮らしていた。これがおよそ特徴らしい特徴のない家で、高村光太郎のアトリエの窓を飾った赤いカーテンが、詩人らしいかはともかく何者かの家であるという風格を漂わせたのに比べると、春雪の家はまったくつまらぬ、陋屋からも豪邸からもかけ離れた、どんな些細な代わり映えも願い下げだという強固な哲学さえ感じさせるほどの、ただの家であった。

春雪はまた、食にも意を払わない男であった——少なくとも私は、そう思っていた。春雪があまりに白飯ばかりを好むから、これもまた世間並みであることで無関心を表すという、春雪流の仕方なのだろうと思っていた。ただ、これには少し勘違いがあった。いかなる場合においても、春雪は決して、白飯に何かを乗せることはなかった。沢庵でも柴漬けでも、豆腐でも納豆でも、梅干しでさえも、かれは意固地なまでに飯に触れさせようとしなかったのだが、私はそれをある種の行儀作法なのだろうとのみ考えていた。ある日、新宿のいんちきな酒場で春雪と痛飲した折のこと、誂えれば鮨も出すと聞いた私が面白がっていくつか握ってもらおうと言い、春雪にも勧めると、春雪は彼の得意であった憂いと照れのある笑みを浮かべて、

「僕は鮨は食わんのだ」

と言った。衛生からかけ離れること月の如く、潔癖で知られる鏡花先生なら寄りつきもせぬような場末の店であったから、ここでは食う気にならんというのなら話はわかる。だが春雪は、鮨は食わんと言ったのだ。

「鮨は嫌いか」

「嫌い、か」

春雪はさすがに詩人らしいところを見せて、少し言葉を選んだ。

「嫌いではないな。憎いのだ」

「穏やかじゃない。饅頭怖いの類じゃあるまいな」

私がそう揶揄すると、春雪はさっと頰を赤くした。

「僕は嘘を言わない。憎いと言ったなら、そのまま受け取ってくれ」

さすがに私は自らの非を悟り、

「知らなかった。許してくれ」

と詫びた。春雪はすぐ恥ずかしそうに俯いて、

「いや、僕の方こそ」

などと、覚束ないことを言った。

帰り道、花園稲荷の境内に立ちよって、ふたり夜風に吹かれて酔いを醒ました。春雪は鮨の一件以来もの静かだったが、酔歩のうちに、こんなことを言い出した。

「今日は済まなかった。僕はどうにも、飯に混ぜ物をしたり、菜を乗せることは受け付けんのだ」

私は酒場でのいさかいなどほとんど忘れていたから、思い当たるまでに時がかかった。

「なんだ、そんなことを気にしていたのか」

「気にもする。君が悪気で言ったのでないことは、わかっているんだ」

「話があるなら言いたまえ」

春雪は長息し、月を仰いだ。

「僕は中山道の、家名だけは高いが豊かでない……いや、没落し、貧窮した家の生まれだ。物心ついた頃から、飯とは粟や稗や麦で嵩増しするものだった。初めて白米を口に

した時の、これで貧から抜け出したという悦びは、たぶん君にはわかってもらえんだろう。非純粋の飯は僕にとって、詩に出会う以前の薄暗がりを思い起こさせるのだ。僕はこの執着を恥とする。だから片意地を張った。気取ったわけではないのだ。許してくれ」

たしかに私は、白飯にこだわる心理を本当のところで理解することは出来なかった。私は神奈川の商家の息子で、飯が白いのは当たり前だったから、かえって春雪の執心はわからなかったのだ。ただ一方で、飯は白をもって良しとする考え方を、春雪が思っているらしいほど奇矯(ききょう)とも思わなかった。

「君が知っているか知らんが、人形町に玉ひでという軍鶏(しゃも)鍋屋がある。軍鶏鍋の卵とじを丼飯に乗せて出してくれと客に望まれた時、客が勝手にかけるならいざ知らず店で汁かけ飯みたいなものを出せるはずがないと言って、献立に載せなかったそうだ」

「……」

「君は執着を恥じると言ったが、飯に菜を乗せることを嫌うのは、世間並みにある話じゃないか。それで鮨も嫌うというのは聞かないが、あり得ることだ。からかった僕もまずかった。仲直りしよう」

春雪のかたくなな頬に、安堵(あんど)が浮かんだ。

「そういうこともあったか。少し、気が楽になった。ありがとう」

だが私は――まだ若かったので――もうすこし春雪をからかってやりたくなって付け加えた。

「いつか君が筆一本で栄耀栄華を極め、奢侈に溺れる日が来たら、僕は鮨を持参して君に昔日を思い出させるとしよう」

春雪は苦笑いをした。

「そんなことをしてみろ。誓って、化けて出てやる」

だが春雪は、いかに筆名が上がっても、それで驕るということはなかった。慢心して義理を忘れたという評判が立ったことがあるが、とんでもないことだ。慢心や不義理ほど、春雪から遠い言葉もない。知られた話ではあるけれど、私の目から見た経緯を記しておこう。

初めての詩集『斧琴菊』が世に好感を持って迎えられると、春雪には寄稿の依頼が引きも切らずに舞い込んだ。春雪は「スバル」に書いたし、「中央公論」にも書いた。これが誹謗の種となったのだ。

Aという詩人が言うことには、春雪はAが主宰する同人雑誌に書くことを約しておきながら、大雑誌から声がかかると一も二もなく飛びついて遂に原稿を届けなかった、これは金と名誉に目がくらんだ俗人の仕方だというのだ。この讒言に対し、春雪は沈黙を守った。それで世間では春雪に非があるということになったが、田端の家を訪ねた私に対して、春雪は胸のうちを明かしてくれた。

「僕は約束を守る。いやしくも詩人として、口に上して誓った言葉を守らぬということはない。それでは人生が窮屈でならないから、僕は滅多なことでは約束をしないのだ」

春雪は、一言一言を絞り出すように続けた。

「だから、Aから詩が欲しいと言われた時、世間一般の礼儀として断固撥ねつけもしなかったが、書くという約束も、決してしなかった。だがそう言えばAが恥を掻くから、僕は何も言わない」

「だがそれでは、君が恥を掻く」

「掻いておくまでだ。Aの噂なぞを信じる連中に蔑まれて、こたえるような僕ではない」

私は、春雪の言や良しと思った。だがそれでも一つ、問わずにはいられなかった。

「それにしても、なぜ君は『中央公論』や『スバル』に書いたのだ」

すると春雪は、当たり前のように言った。

「それは稿料がいいからだ」

「すると君は稿料で雑誌を選んだのか」

春雪はどこまでも涼しい顔だった。

「僕は、詩が載るならば『スバル』でも『詩歌』でも『小學生』でも、一向に構わんのだ。一向に構わんから、稿料で選ぶ。僕はこの世に特別なものを詩のほかに持たない、詩をもってしか人と関われんという身勝手な男だが、それで加代子に寒い思いはさせたくない」

人を思うということを、おおっぴらに言葉にすることの少ない時代だった。あからさまな言葉に、私は言い返す言葉を失った。とはいえ、加代子さんが席を外していたから言えたことではあっただろう。春雪は煙草をふかし、それを揉み消して、話を続けた。

「『スバル』に書くのはけしからんがAに書くのは天晴れだなどというのなら、これほど金と名誉にこだわった物の言い方もあるまいよ」

私は春雪のために、彼の哲学を危ぶんだ。私は春雪の理屈を呑み込めるが、世間、なかんづくAは承知するまいと思った。この頃、私は自らの詩を諦め、さる銀行に職を求めていた。春雪に言ったことはなかったが、それだけに私は、春雪の詩業の大成を心から願っていたのだ。初めての詩集が好評を得たというのに、やっかみ半分のくだらない噂に足をとられるようなことがあっては私が困る。そこで私は二人の間に立とうと考えた。

「君の言うことは正しい。だがそれでは、Aは収まるまい。ここは一つ、Aにも原稿を届けてはどうだろう。こう話がこじれては君らを会わせても火に油を注ぐようなものだから、原稿のやり取りは、僕が請け負う。君としても面白くはないだろうが、古い因縁の清算だと思ってはどうだろうか」

春雪は暗い目をしていたが、不意に笑顔になった。

「清算か。君は銀行に勤めるようになって、そういう言葉を使うようになったのか」

僕は腹を立てた。

「君を思えばこそ仲立ちをしようというのに、君はそうやって僕を馬鹿にするのか」

すると春雪は目を丸くした。

「馬鹿になどするものか。君の言葉を馬鹿になどしない。僕はただ、僕の字引にない言葉を君が使うのが嬉しかったのだ。清算か。字は美しいのに、意味するところは妙に生々しい。どこかで使いたくなる言葉じゃないか」

そう言うと矢も楯もたまらない様子で万年筆を執ると、春雪はそこらに落ちていた反故に「清算」と書きつけ、そして、居住まいを正した。

「わかった。君の言うことも、わからんではない。Aに書く約束はしなかったが、いま、誓って君に約束しよう。必ず書く」

私は春雪の言葉の峻厳さに、今更ながらに圧された。春雪の将来のために言ったのだが、とんでもない間違いを犯したような気がしたものだ。春雪が一篇の詩にどれほどの心血を注ぐか、私は知っていた。春雪は十の詩を作ればそのうちの八を捨て、残る二の詩から、言葉を半分削ぎ落す。詩は短ければ短いほど良いなどという単純な考え方のゆえではなく、決して揺るがぬ大岩のような重みを言葉に持たせるにはそうするよりほかないというのが、春雪の仕方だったのだ。そのために春雪は寝食を忘れ、人たることを忘れ、命を削っていた。それを誰よりも承知しながら、たかだかAがうるさいからという理由で、私は詩を作れと言ってしまった。

だが、それでAの同人雑誌に掲載された〈清算〉が春雪の代表作の一つになるのだから、詩とは、世間とは実にわからないものだ。Aは間もなく雑誌を畳んだが、春雪の評判を妬んで気が塞いだためというのがもっぱらの評判だった。あの詩の誕生に私が関わっていたことは、今日に至るも、私の喜びである。

訃報が届いた頃、私は銀行の監査役心得として多忙な日々を送っていた。去るものは日々に疎しとは言うが、春雪が病気療養のため東京を去ってから三年にもならないというのに、私は彼の病気がそれほどまでに改まっていたことさえ知らなかった。

春雪には喘息の持病があり、たしかにときおり、内臓を吐き出しそうなほどに激しい咳をすることがあった。しかしごく稀なことでもあり、それが命取りになるほどだとは、私は夢にも思っていなかった。私は、何年か養生すれば春雪は戻ってくるのだと信じて疑っていなかった。いや、やはり私は、自分の仕事の忙しさと面白さに追われて春雪を、詩を忘れたのだ。その報いは、友の死を告げる一枚の電報だった。

私はすぐさま休みを取った。春雪の故郷中津川まで、塩尻から下っていくか名古屋からまわるか迷ったが、旅慣れないなら東海道がよかろうと勧めてくれる人があって、落成したばかりの東京駅から汽車に乗った。箱根の関も白河の関も越えたことがなく、ゆくゆくは春雪と連れ立って諸国の名跡を吟行するのも楽しかろうと悠長に構えていた私が、こんな形で関東を出るとは思いもよらないことだった。汽車には、とうとう春雪がこの世で出しただ一冊の詩集となった『斧琴菊』を持ち込んだが、頁をめくるごとに気がふさぎ、懐かしい思い出が甦るばかりで、横濱も過ぎないうちに私はそれを閉じてしまった。

冬だというのに車窓から見える遠州灘はうららかで、私に、しあわせだった頃を思い起こさせた。春雪が死んだ——私はおそらく、葬儀に向かう汽車の中にあってさえ、その事実を呑み込んではいなかったのだと思う。私は東海道を辿って、春雪に会いに行くような心持ちでいた。

かつて春雪は私に向かって、なぜ詩を作るのかと言った。私はこう答えたはずだ。

「僕は法学をやろうと思っていたんだが、学校の友人に話したらたしなめられてね。法律なんかいつ変わるかわからない、そんなものに振りまわされるよりも文学をやれよ、筆一本で永遠に残ると言われて、そんなものかと思ったんだ」

すると春雪は鼻白んで、吐き捨てた。

「なんだ、そりゃあ。夏目先生の頂きじゃないか。先生が建築をやると言って学友に文学を勧められた話を、君は知らないのか」

「いや、もちろん……知らなかったわけじゃないが」

知っていたが、我が身にかけられた言葉と似ていることには気づいていなかった。するとあの友人は、ただ大漱石の話を模倣しただけだったのだろうか。詩をやるのだと決めていたはずだったが、急に心の土台が揺らいできたような気がした。春雪は私の動揺を見て取ったのか、気まずそうな顔をした。

「なに、きっかけなどどうでもいいのだ。永遠の芸術のために書こうが食うに困って書こうが、友人にいっぱい食わされて書き始めようが、詩は詩だ。僕は君の詩が下手だと思っているが、それでも不思議と好きだから、その友人という人には感謝をするべきかもしれん」

「言ってくれる」

「まあ怒るな。せんに載ったものは、まあ読めたよ」

たしか、場所は春雪の家だった。酒は私が持参していた。加代子さんは在宅だったはずだが、春雪は、

「僕たちが飲むのに、手を借りるには及ぶまい」

と言って台所に行くと、素焼きの小皿に塩と味噌を盛ってきた。『斧琴菊』が上梓さ

れる前で、春雪は金に詰まっていたのだ。それでもほかに何かあっただろうとは思うが、世間並みでない肴が出るのは少し嬉しかった。あの夜の酒は旨かった。私は訊き返した。

「君の話も聞こうじゃないか」

「うん、なんだ」

「君はなぜ詩を書こうと思った」

春雪は苦笑いした。

「藪から棒にと言いたいが、僕が訊いたことだから仕方がない。あんまりつまらない話だが、まあ、君に笑われるなら仕方がないだろう」

「笑わないさ」

「笑ってもいいと言っているんだ。まあ、さておき、どこから話したものかな。僕の母という人は、不しあわせな人だった」

気負わぬ様子で、春雪はさらりと切り出した。

「嫁ぎ先と相性が悪く、体が弱くて、運がなかった。がんぜない嬰児の頃はともかく、物心ついてよりこの方、僕は母に守られた覚えがない。むしろ、母を守らねばとばかり思っていた。だが僕がまともに育つまで、母の体はもたなかった。とうとう病みついたかと思うと、ひと月も経たないうちに死んでしまった」

「それは……気の毒な話だ」

「まったく気の毒な話だ。どこにでもある、気の毒な話だ。だが僕は、父も祖父母もあまりに母を悼まないので腹が立って、この三人の分もまとめて悼んでやろうと思った。江戸の世なら孝子とも呼ばれたろうが、明治の聖代では、男子にあるまじき惰弱とも言われるだろう」

私はそう思わなかったが、口は挟まないでいた。春雪は私に質問をした。

「ねえ君。愛する者が失われた時、遺された者が一番に願うことを知っているか」

「それは、宗門にもよることだが、冥福だろう」

春雪はにこりと笑った。

「そんなものは二番目か三番目か、もっと下だよ。心に嘘をつかずに考えてみたまえ」

「僕には見当もつかない。いったい何だというんだ」

「決まっているだろう。もう一度会いたい、それ以外に一番はない」

私は言葉を失った。

「道理に反している」

春雪は酒を飲んだ。

「そうかな。僕は、最も天然自然の感情だと思うのだが。天然自然の感情を道徳で覆い隠して、君は一体、何を詩に作るつもりなんだ」

また春雪は酒を口にした。

「とはいえ、僕も母が還らないことは知っていたから、僕が母からもらった二つのもの、つまり命と詩才の二つでもって詩を作ることにした。僕が詩を作るのは、母の記念碑の建立（こんりゅう）であり、招魂（たまよばい）なのだよ」

私は少し考え、言った。

「それではあんまり個人の思惑過ぎはしないか」

「個人の思惑で作らずに、君は一体、何で作るつもりなんだ」

そう言うと、春雪は味噌を指ですくい取って舐めた。

思えばあの日、私は自らの詩才に見切りをつけたのだという気がする。春雪の言い分はまったく是と出来ないものであったが、それを肯定できないのが私の限界だと悟ったのだ。塩と味噌で酒を飲みながら、私は、私には理解できない小此木春雪よ、君はどこまでも飛んでいくがいいと思っていた。僕は地上にあって、それを見上げよう。

あれから、世は明治から大正に移った。春雪はもう飛ばない。

いつしか私はまどろんでいたらしく、気づくと汽車は名古屋駅に着くところだった。

古道沿いに数軒の宿があるばかりの鄙（ひな）びた宿場町ではあるまいかと想像していたが、これも鉄路の恩恵か、中津川は存外栄えていた。

駅長に春雪の家を問うと、小此木商店なら街道沿いに行けばわかると教えられた。商店とは頷けない話だ、そこではなかろうと重ねて問うと、葬式ならそこで間違いないと言う。半信半疑ながら、私は中山道沿いに歩いた。果たして、小此木商店はあった。構えも新しく看板の文字は大きく、店先には葬式らしい設えがしてあった。春雪は中津川で商売を始めたのか、それとも加代子さんの手配りかと訝りながら店先の小僧さんに弔意を伝えると、みなさまお着きですと言われた。

詩人小此木春雪は、これからの人であった。言い換えるなら、その詩業は未だ、広く知られるには至っていなかった。だが春雪の葬儀には、白秋が来た、朔太郎が来た、山村暮鳥もはるばる来ていた。水野葉舟などは心霊学に傾倒しているだけあって、まだこのあたりに小此木君がいる気がする、亡魂を呼ぶ術があればと呟いていた。私は詩壇にこそ知り合いがいるものの歌壇や文壇には伝手がなく、言葉を交わしたことのない相手ではあるが、この人が来るかと思うような文人も来ていた。友がこれほど認められていたのかと思うと、私はふと、誇らしさと、筋道の通らぬ嫉妬を覚えたものだ。

肩幅の広い小男に、

「君、下足はわかるように置きたまえ」

と言われたので、葬儀を手伝う土地の人かと思ったら、これが犀星だった。春雪とは親しかったのかと問うと、犀星はむっつりと返してきた。

「いや、詩の上ですれ違ったことがあるだけだ。手が足りぬというから仕方があるまい」

つくづく人のいい男だとは思ったが、故人との関係で言うなら下足番なぞは私の役目だと思ったので、

「替わりましょう」

と言うと、犀星は首を横に振った。

「頼むと言いたいが、まずは細君に挨拶を」

もっともな話なので、一礼して、私は家の奥に加代子さんを探した。

加代子さんは一分の隙もなく喪服を着こなし、必要程度のかなしみを目の上に漂わせて、私を迎えた。私は悔やみを言い、加代子さんは礼を言った。当たり前の、どこまでも当たり前のやり取りだった。春雪は棺の中で、長患いの病人らしくこけた頰をして、目を閉じていた。焼香も念仏も、当たり前に進んでいった。詩を別にすれば万事に興味関心がなく、それだけに万事を世間並みに済ませることを良しとした春雪らしい、何ら変わったことのない葬儀だった。だが意外なこともあった。加代子さんは、私に挽歌を頼んだのである。詩人を挫折した男が、これだけ詩人文人が会する前で何が言えるだろう。しかし断れば別の誰かが何かを詠むだろうし、それがいかに上出来でも、いや上出来であればこそ私は悔いると思い、私は何とか言葉を連ねた。

友よ君は詩神を愛することあまりに純粋で
それゆえに詩神は君を拉し去った
今や天上界の人たる友よ再会の日をしばし待て
昔日のように君の詩を聞いて君と酒を酌み交わそう

会葬者は、春雪の詩業が半ばに終わったことを惜しみつつ帰っていった。私は二、三日当地に滞在して加代子さんを手伝おうと思ったが、加代子さんは手配りのいい人で、これといって私の出番はなかった。春雪の話から推して当地の小此木本家と加代子さんの折り合いが悪いのではと心配したが、私の見る限り加代子さんは大切にされていないにせよ疎略にも扱われておらず、日ごとに本家からの手伝いが来ては、用を聞いていく様子だった。これならば加代子さんの暮らしにも支障はあるまいと胸を撫で下ろし、私も東京に戻ろうと、辞去を伝えに小此木商店を訪ねた。

店は喪中で閉めている。勝手口で案内を乞うと、お手伝いらしき女性が出て、表にまわるように言われた。これから初七日、四十九日と法要が続くが、その日のところ加代子さんは縞柄の地味な袷姿だった。応接間で、私は加代子さんと火鉢を挟んで差し向かいになった。私は加代子さんという人を、まじまじと見たことがない。春雪が気を悪くするのではないかと思ったからだ。ただ、一見してどこかか弱げであるのに、目元に不思議と意志の力がある人だという印象だけを持っていた。

「僕もそろそろ東京に戻ろうと思います。何か困ったことがあったら、郵便でも電報でも、連絡してください」

加代子さんは頷き、

「あなたさまには大変お世話になりまして、御礼の申し上げようもございません」

と、囁くような小声で言った。

長居する用事もないので、私は早くも腰を浮かしかけた。

「では、どうぞあまりお力を落とされませんよう」

しかしそんな私を、加代子さんが思い切った様子で引き留めた。

「お待ちください。……どうか、お待ちください。今日まで迷っていましたが、お知恵をお借りしたいことがございます」

用意をしていたのか、加代子さんは私の返事を聞く前に袂に手を入れ、一枚の紙を取り出した。

「春雪の、そう、遺稿でございます。最期まで使っていた枕の下にありました」

私は思わず居住まいを正した。

春雪が当地で療養に入ってからどのように暮らしていたのか、私は加代子さんに尋ねる機会を持てずにいた。手伝いが来ているとはいえ、席次決めから花屋への支払い、役所への届け出までおおよそ一人でこなしている加代子さんに、そんな時間はなかったのである。春雪に遺稿があるとは、知らなかった。

私は、そっと手を差し出した。

「拝見してもよろしいですか」

「是非」

紙は、折りたたまれた原稿用紙だった。

春雪の字はいつも四角四面で、活字のように整っているとまではいかないが、およそ癖のない字だった。春雪の考え方に従えば、字の巧拙など詩には関わりがないから、世間並みの字を書くということにもなろうか。しかし、その原稿用紙に並んだ文字は大きく崩れ、ミミズの這ったようとはこのことかと思うほどに拙かった。私は、春雪の痩せこけた顔を見た時よりも、この文字を見た時に、春雪は死んだのだと悟った。春雪は、病み、苦しんで、弱りきり、そして死んでいったのだ。

文字は、それでも判読できた。


（無題）

僕はあわれな物持ちだ
此れよりほかに
為す術がない

これは詩だ、と直感した。練り上げられる前の、ほんの思いつきの、春雪らしくもなく技巧のない——だが、これは詩だと思った。

途方に暮れたように、加代子さんが言う。

「何を指した言葉なのか、わたしにはわかりかねるのです」

「僕にもすぐにはわかりませんが……一つだけ、お伺いしたい」

「わたしにわかることでしたら」

私には、この中津川で、どうしても知りたいことが一つだけあった。だが、それを尋ねる機会がなかったのだ。いまこそ、それを訊くべき時だった。

「小此木君は、詩を続けていたのでしょうか」

加代子さんは、ぽつりと答えた。

「はい。作っておりました」

「加減が悪かったとは思いますが」

「それでも、春雪は作っておりました。黙考もままならない体で文机にしがみついて、一文字一文字、書いておりました。何を切らしてもインクと原稿用紙だけは切らさぬようにと、何度も繰り返して言っておりました」

「それをお止めにならなかったのですか」

最期まで春雪を支えた加代子さんを、批難する気はさらさらなかった。しかし私はどうしても、療養に専念すれば春雪は命を長らえたのではないかと思ってしまうのだ。

加代子さんは首を横に振った。

「詩をよして生き延びたいと、春雪が思うでしょうか」

返すべき言葉が、私にはなかった。

加代子さんは静かに言葉を継いでいった。

「あなたさまがあまりに春雪を酒に誘うので、お恨みした日もございました。春雪はあまり、酒に強い方ではございませんでしたのに。でも、わたしが御酒を控えてはと言いますと、春雪はこれも詩作だと返すのです。友と交わり、良き酒を飲み、憎み合って論を戦わせる、これも詩作なのだと。わたしは……あなたさまが、春雪にとってただ一つ特別だった詩のうちに数えられたあなたさまが、羨ましかった。ですがあなたさまは春雪に挽歌を作ってくださいましたから、積日の鬱憤も、いまは晴れました。あなたさまなら、わかって頂けると存じます。春雪は最期まで詩を作り、死んでゆき、本望であったと思います」

「……心中、お察しします」

「いえ。わたしも、詩人小此木春雪を愛しておりましたから」

その言葉を聞くまで、私は加代子さんが春雪を雅号で呼ぶことに気づいていなかった。春雪は、本名を小此木亘（わたる）という。だがこの家にあっても彼は亘ではなく、春雪だったのだ。

私は、原稿用紙を二人の間に置いた。

「ほかに小此木君が遺した詩があれば、拝見したいのですが」

加代子さんは、そっと首を横に振った。

「春雪は、誰にも見せるなと言っておりました。あれだけ言葉を直す人でしたから、無理もございません。いまとなっては春雪の遺言ともなったわけでございますから、その通りにしたいと思います」

惜しい、と思った。目と鼻の先に春雪の詩があるのに、一目見ることもかなわないのだ。惜しくないはずがない。だが、見せろと迫るには、私は春雪の友人であり過ぎた。亡友の細君を、喪も明けないうちから困らせるなど、出来るはずはなかった。

私は改めて原稿を見た。物持ちという言葉が気になった。言うまでもないが分限者、有徳人、財産家……平たく言えば、金持ちのことである。

「小此木君は、物持ちでしたか」

愚かな質問ではあったが、何も考えずに口に上したわけではない。私は、この店のことが気になっていたのだ。まだ真新しいこの店を、誰が開いたのか。加代子さんは、私が聞きたいことを汲み取った。

「いいえ。この店は、春雪が印税の残りを注ぎこみ、残りは小此木家の信用で借り集めたお金で開いたものです。この店のほかに財産というものはありません」

「この店は、小此木君が開いたものでしたか」

加代子さんは頷いた。

「春雪がどこまで申したか存じませんが、わたしはこれでも佃の荒物屋の娘ですから、商いも少しは見憶えています。鉄道のおかげで町は広がるだろうから、荒物屋は必要があるだろうと春雪が言いまして、わたしはどうかと思ったのですが、春雪はとうとうこんな店を拵えてしまいました」

そこまで言うと、どうしてか、加代子さんが少し笑ったように私には見えた。

「おかげで、わたしも世間並みに生きてゆけそうです」

春雪が自らの没後に細君が暮らしていく手段まで考えていたというのは、少し、思わぬことだった。ともあれ、物持ちという言葉が春雪の財産のことを言うのでなく、春雪が当地でも詩作を続けていたというのであれば、文章の意味はほぼ汲み取れる。

私は言った。

「これはやはり、詩のことでしょう」

加代子さんは、わからないような顔をしていた。私は重ねて言った。

「小此木君は詩才に恵まれていました。何もなくとも詩だけはあった。あなたの前だが、詩才しかない、さながらあわれな物持ちだと、彼は自分のことをそう考えた。だから作り続けるよりほかにない……。これは、そういう意味だと思います」

過去形を使わなかったのは、語調のためか、まだ死ぬとは思っていなかったからであろう。やがて、加代子さんはそっと目頭を押さえ、声を震わせた。

「そうですか。これは詩のことですか」

「そう思います。小此木君は最期まで詩人であり続けたと」

加代子さんはしかし、もう何も言わなかった。私は原稿用紙を元通りにたたんで火鉢の横に置き、立ち上がって一礼すると、中津川を後にした。

小此木春雪の遺稿集が世に出たのは、翌夏八月のことであった。

春雪に遺稿があったという報せは、詩壇に衝撃と喜びを与えた。だが実際に本が世に出ると、その二者はどちらも次第に、失望に取って代わられた。どうも題は本屋が勝手につけたらしいという噂がまず広がり、次に、遺稿集の刊行にこだわったのは加代子さんだったという噂が流れた。私は中津川への再訪を決めた。

今度の鉄路は中央本線、塩尻越えを選んだ。前回私は穏やかな遠州灘を見ながら西下したが、今回車窓から見えるのは山また山、谷また谷であった。汽車は大勾配の山中を喘ぐようにして上っていくのだ。私は道中、私の知らない春雪について考えていた。

『空色の楽園』の記事を載せた東京日日新聞を持ち込んでいて、幾度も読んだその記事を、もう一度読み直した。

〈昨年十二月に惜しまれつつ世を去つた詩人小此木春雪の遺稿が名古屋の本屋詩情堂より刊行せらる、この遺稿集に就いて故人と昵懇の間柄なる某詩人は「小此木君の遺稿が世に出る機会を得たのは欣快なるも病魔の故か稍緊張に欠けるやうだ、同じ遺稿でも石川君の「悲しき玩具」とは少し差がある」と語る、また或る人は「小此木君の遺稿は本屋が無理に出したといふが余り感心しない、小此木君は自分の藝術に苛烈で、善良なる本屋が君に万一のことがあつたら遺稿を世に出さうと提案したところ、そんなことをしてみろ必ず祟り殺してやると言はれた、それほど意に染まぬ仕事だが未亡人加代子女史が亡夫の詩文なら幾許かの金にはなるだらうと運動したといふ噂もある、此れでは小此木君も浮かばれまい」と心配顔で語る。〉

私は、この記事の始めに出た「某詩人」とは誰のことだか、見当がついていた。世間知らずだが根の良い人間なので、悪気があって春雪の遺稿をくさしたのではないだろう。

後の方に出た「或る人」も、おおよそ察しがついた。春雪の遺稿を狙っていた本屋が、鳶に油揚げをさらわれた恰好になったことが悔しくて嫌味を言ったものと思しく、そうしたことをしそうな本屋は、二、三人心当たりがあった。春雪は、詩に対する時を除けば、概して感情の穏やかな人間だった。汚い言葉を使えば自分の詩までが汚れると信じているかのように、度を越した言葉を使うことはなかった。その春雪をして「祟り殺してやる」とまで言わせたのであれば、それは言わせた方にも非があるだろう。

いや、それとも――郷里に戻ってから、春雪の言葉の用い方が変わったのだろうか。春雪は、人に向かって殺してやると口にする詩人になっていたのだろうか。もしそうだとしても、私は失望を覚えなかっただろう。むしろ、少し喜びさえしたはずだ。春雪の言葉は磨かれ、美しく、それゆえに僅かに、重みにかける嫌いがないではなかった。春雪自身もそれに気づいていて、だからこそ執拗に言葉を削り上げたのだ。その春雪が変わってしまい、口汚く他人を罵るような男になったのだとすれば、人間としては付き合いにくくなったかもしれないが、その詩は新しい発展を見せたかもしれないと思うからだ。

だが春雪は死んだ。

富士見を過ぎると、勾配はおおむね下りに転じる。私は富士を見ることを忘れていた。塩尻で汽車を乗り換える。中津川に着くころには既に日が暮れており、一人暮らしの女性を訪ねるにはいささか常識を外れた時刻であったから、来訪は翌日にしてその日の宿を探した。駅長が、「小此木さんのご葬儀にいらした詩人の先生ですね。宿をお探しなら」と手配をしてくれた。

翌日早朝に小此木商店を訪ねたが、店は閉まっていた。見慣れぬ老人が留守を預かっていて、私が加代子さんの行方を尋ねると、あきれた目を向けてきた。

「盆の法事でございます。夕方にはお戻りかと」

これはまったく私の粗忽（そこつ）で、東京では新暦七月に盂蘭盆会（うらぼんえ）のまつりをするが、このあたりでは旧暦を慕って八月盆の習慣があるのだ。私が訪れたのは、つまりちょうど盆の季節だった。事情が事情だから無理も言えず、私は老人に自分の宿を伝え、加代子さんが戻ったら伝えてくれるようにと頼んだ。

夕方までは中津川の町を散策して過ごした。暑さ寒さも彼岸までと言うが、たしかに酷暑の時期は過ぎたようで、日の当たる場所はやはり暑いが、どうかするとふっと涼しい風の吹くことがあった。旧跡を巡る気にもなれず、私は街道沿いをそぞろ歩きした。街並みにはいまだ江戸の古風が残り、あちらに海鼠（なまこ）壁の倉が並ぶかと思うと、こちらでは商家がうだつの高さを競い合う。中山道は古い道であり、遠い昔は平安の都に税を運ぶべく、数多（あまた）の民が行き交った道である。静寛院宮が徳川将軍家に降嫁あそばした折も、この道を通ったはずである。そして我が畏友もまた、病んだ体でこの道を歩きながら、汗を拭ったかもしれない。

日が西に傾いた頃宿に戻り、留守番からの連絡を待った。かの老人が宿に現れ、ぶっきらぼうに「小此木さんがお戻りです」と告げたのは、はや夕暮れ時のことだった。小此木商店の雨戸は、私を迎え入れるためだけに開かれていた。

春雪の遺稿で金を稼いだという話が本当なら、もしや絹でもまとって現れるのではないかと思ったが、現れた加代子さんは当たり前の木綿を着ていた。ただ、

「ようこそ。きっと、お越しになると思っておりました」

と言った声の張りや表情の柔らかさは、昨冬の加代子さんとはまるで別人であった。比べて初めてわかることだが、昨冬の加代子さんにはどこか、消えてゆきそうな儚さ、頼りなさがあった。いまの加代子さんには、こう言ってよければ、一個の人物であるという風格然としたものさえがあるようだった。女手ひとつで荒物屋を切り盛りしているのだから弱くなどいられるはずがないのは当然だが、それだけではない、内にみなぎる自信のようなものが感じられて、私はおやと思った。

私は、加代子さんの顔を見るなり、あなたは何ということをしてくれたのだ、小此木春雪の詩というものをいったいなんと心得ておられたのかと頭ごなしに決めつけるつもりで来た。しかしいざ加代子さんを前にすると、果たしてこの人が金のために春雪の詩を売り払うだろうかと訝る心が強くなる。ともあれ事の順番として、まずは春雪の仏前

に案内を乞うのが先であろうと思い直した。

家と同じくまだ新しい仏壇に、春雪の位牌が置かれている。線香がともされ、仏前には茶と、薄切りの胡瓜を種に見立てた鮨が供えられ、仏飯器には麦飯が盛られていた。宗派もわからないままとにかく仏壇に手を合わせ、春雪の亡魂が安らかならんことを祈った。

昨冬火鉢を挟んで向かい合った部屋で、私たちは再び同じように座った。窓が開けられ、そよ風に簾(すだれ)が揺れていた。加代子さんは、畳に手をついて頭を下げた。

「よく来てくださいました。新盆に来て頂き、嬉しく思います」

私は気まずさを振り払うように言った。

「小此木君の新盆に来られたのは勿怪(もっけ)の幸いでしたが、実はそのために来たのではないのです」

加代子さんは訝し気に小首をかしげた。

「それでは、何用でございましょう。あの人は喜ぶでしょうが、はるばる東京から」

「実はこういう記事が出ています」

私は持参した鞄から東京日日新聞を取り出し、加代子さんの方へ押し出した。件(くだん)の記事は、赤鉛筆で囲っておいた。加代子さんは新聞を手に取り、しばしそれを黙読する様子だった。

私は息を詰めて、加代子さんの様子を窺った。やがて加代子さんはそしらぬ顔で、動揺も怒りもなく新聞を畳に置くと、

「ずいぶん大袈裟に書きたてられました」

と言った。

「すると、事実ではないのですか」

「わたしは、大袈裟と申しました。わたしは記事にある本屋を存じていますし、あの人と本屋が駆け引きをする様も見ておりましたが、あの人は決して、祟り殺すなどとは言いませんでした。あまり言葉の誇張がひどいようです。亡夫の詩文なら金になるだろうなどと申したこともありません」

「ということは、つまり……あなたが小此木君の遺稿を本にしようと運動したこと自体は、間違いではないのですね」

加代子さんは明確に答えた。

「はい」

「何故です」

私は知らず、声を高くしていた。

「遺稿を余人に見せないことは小此木君の遺言だと仰ったのは、あなたではないですか。あの詩集に載ったものは、見る者が見れば、未定稿だということは一目瞭然です。あれ

では小此木君の筆名が下がる。いったいどういうおつもりで、あれを世に出したのですか」

加代子さんは莞爾とほほ笑んだ。

「そのことについては、あなたさまに御礼を申し上げねばと、ずっと気にかけておりました」

「私に……」

「あなたさまが教えて下さったのです。あの人の枕の下から出た文章は詩であったと。『あわれな物持ち』とは、詩才に恵まれた、詩才にのみ恵まれた春雪自身のことであると」

そう、それはたしかにそう言った。

「それがどうしたというのです」

「あなたさまの言葉を聞いて、わたしがどれほど喜んだか、あなたさまにはおわかりにならないでしょう。春雪の遺稿が誰のものであったか、あの時、初めてわかったのです」

私には、何の話かわからなかった。春雪の遺稿は詩であり、詩は誰のためにあるというものではない。詩それ自体のため、言うなれば永遠の芸術のためにあるものだ。……そうではなかったというのだろうか。春雪の、無題の短詩を思い出す。

（無題）

僕はあわれな物持ちだ
此れよりほかに
為す術がない

「此れよりほかに為す術がない……」

私はそう呟いた。加代子さんは、我が意を得たりとばかりに頷いた。

「あわれな物持ちが春雪だとするなら、春雪は、どうするよりほかに為す術がないと書いたのか、おわかりになりますか」

「詩を作るよりほかに、何もないと言いたかったのでは」

「いいえ、いいえ。『為せる事がない』のでも『何もない』のでもありません。『為す術がない』のです」

たしかにそうだった。だがそれは、病に苦しむ春雪が、言葉を整える気力もなかったからではないか。そう考えて、私は、これは頷けぬと思い至った。〈二つ輪〉の詩で「形見に遺し置く」の一文にやや語義重複の憾みがあるのとは、わけが違う。「為せる事がない」と「為す術がない」では、まったく違う。

「わたしには、あわれな物持ちがどうするよりほかに為す術がないのか。よくわかるのです」

あわれな物持ち……物持ちではあるがあわれな者は、なぜにあわれか。病んでいるからか。もっと金が欲しいからか。

加代子さんが言う。

「あわれな物持ちは、物より、金銭よりほかに人と心を通わす術がないが故にあわれなのだとは、お思いになりませんか」

「あ」

そうだ。人間には、そういうことがある。しあわせな物持ちは、金銭ずくでなく友や家族に愛される物持ちであろう。金を渡すことでしか人と関われない物持ちは、たしかに、あわれであろう。

だが春雪は金のかなしさを詩にしたのではない。自分の詩才のことを詩に作ったという読みが妥当だとするなら、どうなるか。

加代子さんは、頰を赤くして言う。

「春雪は、詩を遺しました。幾篇も幾篇も、遺稿集が出せるほど。あれは精選集なのです。外したものを集めれば、まだ一冊か二冊は出せるでしょう。この中津川で陸続と作られた詩は何の為だったか」

どこかで風鈴が鳴る。開け放たれた窓から、ぬるい風が入る。

加代子さんはふと窓の方を見て、呟くように言った。

「あなたさまが恩人だからこそ申し上げます。あの人はわたしに良くしてくれました。財産をなげうって店を開き、わたしが困らないようにしてくれました。わたしが、世間並みに生きて行けるように」

世間並みに――その言葉は、葬儀の後で加代子さんが言っていた。そして、春雪がよく言う言葉でもあった。

「あの人にとって、世間並みにすべきものは何であったか、ご存じのはずです」

もちろん知っている。私は答えた。

「そう、春雪は……詩にかかわりのない、どうでも構わないものは、世間並みにする男でした」

「では、わたしの苦衷(くちゆう)もお察し頂けるはず」

加代子さんが世間並みに生きて行けるように手配りするのは、それが詩にかかわりのない、どうでも構わないものであったから――。

「いや、まさか、そんなことがあるはずがない。小此木君は、僕と酒を飲む時にあなたの手を煩わせまいと、自ら塩と味噌を持ってくるような男でした」

「それは、あなたさまとの酒が詩作であったから、わたしを交えたくなかったのです。わたしは詩とかかわりのない、世間並みにしておけばそれでいい存在だったのです」

「そんなはずはない」

「ええ」

加代子さんは遠い目をした。

「あの人にとって詩は、亡き母親への追悼であり、招魂でした。詩人小此木春雪を愛したわたしと結婚したのも、自らの死後に遺されるわたしの暮らしを案じて店を開いたのも、すべて、それが詩にはかかわりがないから、興味がないから世間並みにしただけのこと。わたしはずっと、ずっとそう思っていたのです。――あの日、あなたさまから、詩の解釈を聞くまでは」

春雪は中津川で、猛然と詩を作った。生涯をかけて一冊の詩集しか出し得なかった男が、この地では二、三冊分の詩を遺していった。

わたしにも、ようやくわかった。

春雪は、加代子さんに詩を贈ったのだ。東京佃の商店に生まれた加代子さんは、何も言わず中津川までついて来て、病人である春雪を看病した。その加代子さんに対して春雪が出来ることは、詩を贈ることだけだった。感謝と思慕、愛を伝えるのに、一生を詩にだけ捧げた春雪は、詩を作るよりほかに、いっさいの為す術がなかったのだ。

それは詩の純粋からは離れた振る舞いだ。余人に見せることを拒むのは、道理である。

私は、わからなくなった。それがわかっていて何故、加代子さんは遺稿を出版したのか。加代子さんのためだけに作られ、世に出すことなどまったく考えられていなかった詩を、なぜ満天下に晒したのか。

私は訊いた。

「あなたは、小此木君を憎んでおられたのですか」

加代子さんは、何を言われたのかわからないというように目をしばたたかせ、それから笑った。

「憎むだなんて。その逆です」

「逆……とは」

吹き込む夜風を浴びながら、加代子さんは歌うように言った。

「わたしは詩人小此木春雪を愛した。そう思っていました。でも違った。あの人がただ詩のために詩を作っていたのではなく、わたしのために作っていたのだと知って、わたしは愛されていたのだと知って、わたしはあの人を、春雪ではなく小此木亘を愛したのです。でも、そう気づいた時には、亘は死んでいた。愛する者が失われた時、遺された者が一番に願うことをご存じですか」

知っている。春雪に聞いた。

私の目は、畳の上の東京日日新聞に吸い寄せられる。「或る人」は言った。遺稿を世に出そうと提案したら、「そんなことをしてみろ必ず祟り殺してやる」と言われたと。

だが加代子さんは、それは誇張が過ぎると言った。では、本当は何と言ったのか。

先ほど手を合わせた仏壇には、茶と、麦飯と、胡瓜で見立てた鮨が供えられていた。鮨を持って行ってやると私がからかうと、春雪は何と言っていたか。

耳に、葬儀に参列した水野葉舟が言っていた言葉が甦る。――亡魂を呼ぶ術があれば。

「馬鹿げたことだ。お話にならない。まさかそれが理由で、あなたは春雪の本を出したというのか」

遺作を世に出そうと提案された春雪は、きっとこう言ったのだ。

《そんなことをしてみろ。誓って、化けて出てやる》

加代子さんが言う。遺されたものが一番に願うことを。春雪が言っていた通りのことを。

「もう一度会いたい。それ以外に一番はありません」

「それで」

唾を飲み、私は訊く。

「春雪は来ましたか」

加代子さんは、憐れむような目で私を見た。

「あなたさまは、よくご存じだと思っておりましたが。亘は、詩人の名に懸けて、こうと誓った約束を守らないということはないのです」

開いた窓から夜風が吹き込み、私の首筋にそっと巻きついて、よく来たなと言った。

ハングマン

――雛鴉（ひなう）――

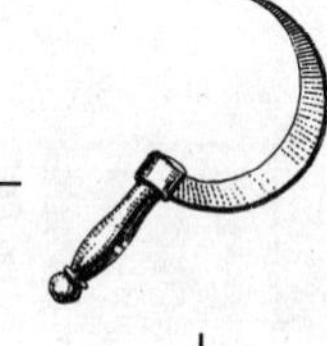

中山七里

〈主な登場人物〉

鳥海……元刑事の私立探偵。法で裁けない悪人に被害者に代わり私刑を下す復讐代行業を率いる。

比米倉……特定屋。ハッキングや電波傍受による情報収集に秀でている、鳥海の事務所の社員。

春原……警視庁捜査一課の刑事。ヤマジ建設の汚職を巡る事件で父親を殺され、鳥海たちに依頼。自身も犯罪に手を染めつつ復讐を遂げる。

1

その昔、人の命は地球より重いと宣った総理大臣がいたそうな。

アホか、と比米倉内記はニュース番組を見ながら毒づく。

『十月三十一日夜、ハロウィンで賑わう渋谷で発生したヤマジ建設会長山路領平さんと秘書の妻池東司さん殺害事件の続報です。警視庁は捜査を進めていますが、未だ目撃者も現れず犯人特定に至らないまま半年以上が経ちます』

二人を殺害したのは比米倉とその仲間たちだった。

カネをもらって、法律では裁けぬ者を始末する。今回の依頼で比米倉は一千万円の報酬を手にした。気紛れに計測してみると一万円札千枚は約千グラムだった。乱暴極まりない理屈だが、人の命は地球の重さどころかせいぜい千グラム程度ということになる。いや、千グラムでも重い方だろう。人の命は時と場所でずいぶん違う。嘘か真か、フィリピンで殺し屋を雇うと一人の殺人で約五千ペソ（一万円強）の手数料と聞く。人の命はそれほどに軽い。

元々、比米倉自身も他人の命がそれほど尊いとは考えていない。普段の生活で死臭を嗅いだことはなく、復讐代行業にあっても情報収集が専門なので人殺しの実感が希薄に過ぎるのだ。そもそも標的が殺されて当然の人間ばかりなので罪悪感もない。だからと言って己の手を血に染めたいという気持ちなど皆無で、安全地帯で作戦の完遂を見守るのが適任と心得ている。

比米倉はモニターのスイッチをテレビ番組から渋谷駅前の防犯カメラに切り替える。警視庁および渋谷署の捜査がどこまで進んでいるか、報道内容をそのまま信じる訳にはいかない。わずかでも捜査の手が自分たちに及ぶ気配があれば対処しなければならないのだ。

南大塚の片隅、半ば塒としている雑居ビルの一室で比米倉は夜通しモニター画面を眺め続ける。

翌日、眠い目を擦りながら城南大学のキャンパスに足を踏み入れた。

裏で物騒な仕事をしていても、世間的にはいち学生に過ぎない。大学の講義内容はつまらないこと甚だしいが、大学生という身分は目くらましになるので続けるように指示されている。

ふと背後から声を掛けられた。

「おはようございます、比米倉先輩」

振り返ると、同じ情報処理学科の久水奏多が後ろを追いかけていた。

「午後出勤っスか」

「お前もだろ」

「バイト掛け持ちしてるんで。先輩みたいに優雅な生活してないんですよ」

人当たりの良さなのか、久水の自虐は自虐にならないので聞いていて楽しい。ある講義で話し掛けられたのがきっかけで、久水から絡まれるようになった。比米倉はキャンパスに親しい友人を持たないが、久水は例外だった。自分のどこが気に入ったのか、仔犬のように寄ってくる。

「先輩、〈情報セキュリティ〉を履修してましたよね。ノート貸してください」

「俺、講義には出てないよ」

裏の仕事で散々ホストコンピューターへのハッキングや防犯カメラへの介入をしている身からすれば、今更システム戦略やＷｅｂセキュリティの講義を聞いても退屈なだけだ。講義に出なくてもテストで満点を取る自信がある。

「あー、残念。比米倉先輩だったら、きっと完璧なノートだと思ってたのに」

「あのさ。久水って今、二年生だよね。今から他人のノートを頼る癖は直した方がいいよ。三年生になってから苦労する」

「苦労なら現在進行形っス」

「経済的なことかい、それとも環境のことかい」

「結局はおカネの問題です。おカネさえあれば世の中の問題の九割は解決するんですから。実家も頼りにならないし」

いくら親しくとも久水の家庭事情まで根掘り葉掘り聞くつもりはない。自分がされて鬱陶(うっとう)しく思うことは他人にもしない。これまで幾多のトラブルを経て辿り着いた、比米倉の処世術だった。

正直、蓄えならある。預金通帳には学生の身分では法外な金額が印字されている。だが、カネの貸し借りは今の心地よい関係性を崩してしまうのではないか。

「カネと女以外なら相談に乗ってやれるけど」

「でっすよねー。比米倉先輩たら、小綺麗なのにカネに縁遠そうだし、イケメンなのに女っ気なさそうだし」

「そうやって外見で人を判断するのもやめた方がいい」

「見た目が九割って言うじゃないですか。俺、あれって真実だと思うんですよ。カネがあれば身なりも整うだろうし、態度にも余裕が出るでしょ。カネがないのに見栄を張ろうとすると、どうしても無理が目立っちゃう」

もし久水が自分の裏の顔を知ったら、どんな反応を示すだろうか。ちらりと悪戯心が芽生えたが、慌てて打ち消した。

「別に見栄を張らなくてもいいし、目立たなくてもいいじゃない」

「えっと。比米倉先輩、承認欲求ってないんですか」

「人並みにはある」

だが犯罪を続けている者が承認欲求を発揮しはじめたら碌なことにならない。殺人に直接手を染めたことはないが、目立つよりも目立たない方向に意識が働くようになった。当然ではないか。重罪を犯しておきながら、それを吹聴したがるなど自殺願望の持ち主だとしか思えない。

「ああ、分を弁えているってことですか。やっぱり比米倉先輩はオトナですよね」

久水は勝手に解釈して納得したようだ。

「でも、俺はそういう人じゃないんです。人生、目立ってなんぼだし、誰だって人からちやほやされたいじゃないですか」

「別に悪いとは言ってないよ」

「比米倉先輩、何か割のいいバイトを知りませんか。拘束時間が短くて時給が高いバイト。もう金欠で金欠で」

自分を慕ってくれる後輩なので少し真面目に考えてみたが、なかなか思いつかない。時給のいいバイトは高い確率で肉体労働だと思うものの、そもそも比米倉自身が虚弱なのでその手の仕事に縁遠い。

「拘束時間が短いかどうかは知らないけど、やっぱり工事現場で資材を運ぶ仕事なんかがいいんじゃないのかな」

「資材運びかあ」

久水は空を見上げて力なく笑う。

「肉体労働は割がいいバイトじゃないっスよ」

「それなら家庭教師。成果主義の親に雇われたら、効率的かどうかは生徒の頭次第になるけど」

「俺、子どもに教えられるほど優秀じゃないス。ここだって補欠合格でしたから」

久水の言葉はやはり自虐に聞こえなかった。

「役に立てなくて悪いね」

「そう言えば、比米倉先輩がバイトしているなんて聞いたことなかったです。実家が太いんですか」

あまりプライベートには触れられたくない。軽く睨んでやると、久水はすぐに察したようだった。

「すいません」

「いいよ。まあ、久水向きのバイトがあったら教えてやるよ。期待せずに待ってて」

「お願いしまっす。あ、いけね。講義に遅れる」

言い残して久水は比米倉の脇をすり抜けていく。左足を擦り気味に走るのは彼の癖だ。金欠なのは本当だろうが、深刻さが顔に出ないのは彼の長所だった。

少しばかり本気になって探してやろうか。

比米倉はそう思った後、柄でもないと自嘲する。

それからしばらくの間、キャンパスでは久水の姿を見かけなかった。講義にはまめに出席する男なので、てっきり割のいいバイトとやらにありついて時間を食われているのだろうと考えていた。

比米倉の想像は半分当たっていた。久水はバイトに忙殺されて講義に出席できなかったのだ。

外れていたのは、それが決して割のいい仕事内容ではなかったことだった。

最初のニュースが報じられたのはその日の正午過ぎだったらしい。らしいというのは、比米倉が事件の詳細を知ったのは南大塚の事務所に戻った際だったからだ。

六月五日午前十一時二十分。港区南青山五丁目、有名ブランド店が軒を並べる通りに一台のワンボックスカーが進入し、高級腕時計店の前で停まった。中から出てきたのは黒覆面で顔をすっぽりと覆った三人組だ。

三人は店内に押し入ると手にしていたバール状のもので次々とショーケースを破壊し、陳列されていた高級腕時計を根こそぎ攫い始めた。制止に入った店員の証言によれば「声の調子は二十代のようだった」という。バッグに獲物を詰め込んだ三人はワンボックスカーに戻り、その場から逃げ去る。白昼堂々の犯行であり、道行く人の目撃証言も多数あった。

逃走したワンボックスカーは各所の防犯カメラに捉えられていた。第一印象は無謀かつ杜撰そのものだった。まず真昼の犯行であるため多くの注目を集めている。覆面で顔を隠していても背丈や体格ばかりか声までも丸分かりだ。

第二に、破壊したショーケースの破片で自らが傷つく可能性を考慮していない。事実、犯人の一人はケースに無雑作に手を突っ込んだ際にガラス片で手首をざっくりと切ってしまい、現場に血痕を残している。

第三に、高級腕時計を狙ったことだ。持ち運びに便利で単価が大きいからだろうが、こうした高級品には大抵シリアルナンバーが打刻されており、国内で処分しようとすればすぐに足がついてしまう。海外にでも販売ルートを持っていなければ盗み損になりかねない。

手口の粗さから素人の仕事であるのは明白だった。実行犯たちが証言そのまま二十代の若者だとすれば、計画の拙さにも合点がいく。

素人犯罪の不様さを嗤うことほど楽しいものはない。比米倉は愉快な気分でニュース映像に見入っていた。

ところが、三人組が店から飛び出してワンボックスカーに乗り込む場面を眺めて違和感に気づいた。一番小柄な人物の走り方に既視感があったからだ。

その犯人は左足を擦り気味に走っていた。

まさか。

同じニュースを扱っているサイトを検索して、該当する場面を繰り返し再生してみる。

やはりそうだ。何度観ても犯人の一人は久水としか思えない。

不安に駆られて比米倉はスマートフォンで久水を呼び出してみる。

コールが一回。

二回。

三回。

だが、いくら呼んでみても相手が電話に出る気配はなかった。

じわじわと不安が大きくなる。金欠を訴えながら割のいいバイトを求めていた久水の顔が浮かぶ。

白昼堂々の強盗は割のいいバイトじゃないだろう。

時間を空けて再三、久水を呼び出してみるがやはり応答はない。こうしている間にも警察は犯人グループを追跡しているはずで、久水たちも必死に逃げ回っている頃だ。おちおち連絡する暇があるかどうか。

いや、待て。

仮に久水が雇われて犯罪に加担しているとなると、そこには二つの形態が考えられる。契約か、さもなければ恐喝だ。だがいくら金欠だからと言って、あの久水が白昼の押し込み強盗を「割のいいバイト」に選ぶはずもない。すると残る可能性は脅されて強盗を強要されている場合だ。

脅されているのなら何か久水が大切にしているものを人質に取られていると考えていい。といっても人間ではあるまい。手間がかかり過ぎる。咄嗟に思いつくのは個人情報を満載している本人の携帯端末だ。恐喝主に取り上げられていると推察するのが妥当だろう。従って、いくらこちらから呼んだところで久水が応答してくる確率は皆無に等しい。

いや、今一度待て。

久水が強盗事件に加担しているというのはあくまで仮説に過ぎない。電話の返事がないのは移動中だからかもしれないではないか。自分の思い過ごしであったら、これに勝るものはない。もうしばらく様子を見ていよう。

だが二時間経ち三時間経ち、日付が変わっても久水からの連絡はないままだった。


翌日になって南青山の事件は展開を見せた。逃走していた犯人グループのうち二人が逮捕されたと報じられたのだ。

日浦裕多加(ひうらゆたか)十九歳は逃走途中にマンションの雨樋(あまどい)伝いで知人宅に侵入しようとしたところ、住人に見咎(みとが)められ通報された。投降する際は「お願いですから助けてください」と半泣きだったという。

宮越昭良(みやこしあきら)二十一歳は逃走の足に深夜タクシーを利用したまではよかったが、結局料金を払えず警察に突き出された。事情聴取の際、あっさりと高級腕時計店襲撃を自供し、その場で逮捕されたのだ。

残る一人は依然として行方が分からず、逮捕された二人は全員が初対面だと証言している。

報道では伏せられていたが、二人が拘束されているのなら残り一人の氏名やプロフィールは警察に知られていると考えるべきだ。次第に焦りだした比米倉は、仲間の一人である春原瑠衣に電話をしてみた。

『ちょっと。勤務中はなるべく電話をかけないって約束だったでしょ』

「なるべく、でしょ。急用なんだよ。南青山の強盗事件について訊きたいことがあるんだ」

瑠衣は警視庁捜査一課に勤めている。事件の詳細を知りたければ、彼女に聞くのが一番の早道だった。

『その事件なら赤坂署の管轄だけど』

「でも警視庁には情報が集まっているはずだ。三人組のうち二人は捕まったんだってね」

『捕まったと言うよりは逃げるのに疲れて自滅したという印象ね。二人とも無一文に近い状態で、逃走中は飲まず食わずだったみたい』

「二人は残り一人について、どこまで自白したんだい。報道ではお互い初対面ということだったけど、それなら顔と名前くらいは知ってたことになる」

『捜査情報なのよ。どうしてそんなに知りたがるの』

「残りの一人、俺の知り合いかもしれない」

電話の向こう側で瑠衣が息を呑むのが分かった。

『その人の名は』

「城南大学情報処理学科二年の久水奏多」

『当たりよ』

瑠衣の声はわざとらしいほど事務的だった。

『どの程度の知り合い』

「たまに顔を合わせたら言葉を交わす程度。ただの先輩と後輩だからね」

『二人の供述を信じれば、強奪された高級腕時計は久水が持っている。今日にでも赤坂署の捜査員が訊き込みに来るかもしれない』

「久水が大学の知り合いン家に匿（かく）まわれてるとでも考えるのかい」

『全ての可能性を一つずつ潰していくのが捜査よ。彼と言葉を交わしているのを目撃されたのなら、間違いなくあなたの家にも訪ねてくる』

瑠衣の不安がこちらにも伝わってくる。警察の訊き込みで、比米倉が怪しまれないかと危惧（きぐ）しているのだ。

「俺は居留守でも使えばいいのかな」

『駄目』

瑠衣は言下に否定する。

『三人目が逮捕されるまで所轄は徹底的に知人宅を訪ね回る。居留守なんて使ったら怪しまれる。余計な話を引き出されたくなかったら、本当に久水奏多との間柄が先輩後輩の関係だけなら正直にありのままを証言して。彼らはそれで満足して帰るはずだから』

「教えてよ。警察はどこまで久水を調べている。どうして久水はあんな、割の悪いバイトに手を出したんだよ」

『身柄を確保した二人の尋問は始まったばかりで、そこまで詳細な情報はまだ報告されていない』

「まだってことは、今後はあり得るのかな」

『一見派手に見えるけど現時点では単純な強盗事件だから、このままだと赤坂署だけで完結しそう。そうなれば久水奏多の確保まで長引かない限り、情報は上がってこないとみるのが妥当ね』

瑠衣の言葉に含みがあるのを比米倉は聞き逃さなかった。

「現時点では、と言ったね。大事件に発展する可能性でもあるのかな」

『耳ざといのね』

「鳥海さんと一緒に仕事をしてたら自然にこうなるよ。あの人、必要最低限のことしか口にしないからさ」

向こう側で一拍の空白があったのは、瑠衣も言葉の意味を噛み締めているからだろう。

『実行犯は揃いも揃って二十歳前後の若者で、しかも初対面。SNSで仲間を募っての犯罪というのは今風だけど、それにしても節操がなさ過ぎる。国内で処分が困難な高級腕時計を狙うのもピントがズレている』

「実行犯の他に指示役がいるという意味だね」

『だから現時点ではと言っているのよ。捕まった二人とも、そこまで喋っていない』

「捕まえられたら一巻の終わりだ。それでも全部を喋らないのは」

『うん。人かモノか、何か大事なものを人質に取られている可能性がある』

同じことは比米倉も考えていた。そうでなければ久水が唯々諾々と他人の駒に成り下がるはずもなかった。

『だけど所詮は三人とも子どもよ。対する取り調べ主任は海千山千の刑事。黙秘を続けたとしても半日が限界でしょうね』

瑠衣にしては大仰な物言いだと思ったが、尊大ではなく己の属する組織への信頼感なのだろう。それなら理解できる。

「とっくに久水の親には接触しているんでしょ」

『そうだと思うけど、赤坂署から報告は上がっていない』

「新たに判明したことがあったら教えてくださいよ」

『そっちもね。立場上、これ以上事件が大きくなるのは嫌だけど』

電話を切ってから比米倉は無数のモニターの前で脱力する。久水の家庭事情を詮索しなかった己の信条が今になって悔やまれる。せめて実家の住所だけでも聞いていれば、その方面に網を張ることができたはずなのに。

ゆっくりと腹が冷えてくる。

これは恐怖の冷たさだ。

復讐代行業で他人の愚かさや哀れさを嫌というほど見てきた。お蔭で見かけよりは十ほども歳を食い、大概の悲劇には耐性がついた。それは関係する者たちが全て見知らぬ他人だったからだ。

だが今回は比米倉に近しい者が関係している。しかも事件の実行犯ときている。普段であれば他人事と割り切れるものが、そうできなくなっている。

難儀だな、と思う。

自分の長所は徹頭徹尾、客観的な視座に立てることだ。経験の拙さを知識と技術で補い、チームの欲する情報を適確に収集する。同情も共感もないから判断に支障をきたさない。

それがこのざまだ。知り合いが関係しているというだけで、もう常態ではない。どんな情報をいつ、どこからどんな手段で入手するか即座に対応できないでいる。挙句の果てには警察力を頼りにする有様だ。

本来の判断力が不安で妨害されている。早く元に戻らなければ。

比米倉は次に鳥海の携帯番号を呼び出した。この事務所に設えられた機器は表面上鳥海の所有物になっている。

『どうした』

「事務所の機材、使います」

『許可を得るつもりでわざわざ電話してきたのか。いつも断りなしに使っているだろうが』

「私用なんですよ」

『理由を説明しろ』

南青山の事件に自分の知人が関係している事実を告げてみる。文句の一つでもあるかと覚悟したが、鳥海は何も咎めようとしなかった。

『分かった。好きにしろ』

「繰り返しますけど私用ですよ」

『今はな』

「どういう意味っスか」

『いつ、ウチの仕事になるか分からないからな。先行して情報収集しておくのも悪かない』

「どうしてそう思うんスか」

鳥海たちの仕事は復讐代行業だ。仕事が成立するためには法律で裁けぬ罪人と、恨みを晴らさずにはいられない被害者が必要だ。では、久水が法律で裁けぬ罪人だとでも言うのか。

『本当に仕事になるのは百あるネタに一つか二つだ。沢山タネを蒔いておくに越したことはない』

電話はそれきりで切れた。なるほど、経営者には経営者なりの打算があるという訳か。

比米倉はすっかり温くなったエナジードリンクをひと息に飲み干すと、首都圏主要道路に設置された防犯カメラに潜入した。久水の顔認証と歩容パターンは既にデータ化しているので、該当する人物を識別し次第、比米倉に教えてくれるはずだ。

しばらくは自主休講になる。せめて単位を落とす前には俺に見つかってくれ。

だが比米倉の願いは遂に叶わなかった。

久水が死体で発見されたからだ。

2

久水奏多の死体が発見されたのは乃木坂にある公園内だった。発見したのは園内に寝場所を求めてやってきたホームレスの男性で、死体は植え込みの中に押し込められていたのだと言う。現場には本人のものと思しき血痕が残っていた。

直ちに赤坂署の捜査員が急行し、死体が手配中の久水であることを確認した。日浦と宮越の両名を逮捕して半日ほど経過した後だったので、事件発生から丸一日も経たずに実行犯全員が発見されたことになる。

警視庁で報告を聞いた瑠衣は、一瞬だけ肩の力が抜けた。自分が担当している事件でなくても、犯人の身柄が確保されれば安堵（あんど）する。

ただし問題が二つ残っている。強奪された高級腕時計が未だ見つかっていないことと、久水が他殺体で発見されたことだ。盗難事件である限り盗品の捜索は当然として、事件は死体発見の時点で殺人事件に切り替わった。

「久水奏多の殺害事件はウチと赤坂署の合同捜査になった」

瑠衣たち捜査員が登庁すると、班長の宍戸（ししど）が怠（だる）そうに宣言した。宍戸が告げたのであれば、事件の専従が宍戸班になったことを意味している。

「無論、赤坂署との合同捜査は、南青山の盗難事件込みでの話になる。強奪された高級腕時計は合計で約二億円。盗難事件単体としても重大事件と心得てくれ」

隣の席に座っていた志木（しき）が小さく嘆息する。殺人だけでも大変なのに盗難品の捜索が加わるのだから二重に手間暇が掛かる。志木はそれにうんざりしているのだろう。

瑠衣はと言えば複雑な気持ちであるのは否めない。殺害された久水は比米倉の大学の後輩という。鑑取りの過程で捜査員が比米倉に接触するのは避けられないだろうから、瑠衣は危惧せずにいられない。

「犯人たちは奪った時計を布製の黒いバッグに入れている」

宍戸の説明で思い出した。防犯カメラにもくっきり映っていたが、見かけが安っぽいスポーツバッグでホームセンターにでも売っているようなマスプロ品だ。しかも相当使い古されている。形状だけで追跡するには無理がある。

「大きさは普通サイズだから持ち運びにさほど苦労しない。日浦と宮越の供述が本当なら、久水がバッグを抱えて逃走している。死体発見現場で見当たらないとすれば、逃走の途中でどこかに隠したか、もしくは殺害犯が持ち去ったとみるべきだろう」

志木が挙手して尋ねる。

「時計のシリアルナンバーは全て控えてあるんですよね。だったら国内で売り捌くのは困難でしょう」

「赤坂署もそう見ている。あのテの高級腕時計はネットで売っても足がつく」

「やっぱり強盗を指示した者がいると考えていいんじゃないですか。それなら久水が逃走中に、バッグを首謀者に渡したとして合点がいきます」

「それは当初から織り込み済みだ」

宍戸は面倒臭げに言う。

「二人ともSNSで知り合った者同士が共謀したとしか供述していない。しかし所持していたスマホはどれもこれも安物のプリペイドだった。しかもご丁寧なことに同機種ときた。間違いなく自分のスマホを取り上げられた上で連絡用のスマホを持たされている。当然、赤坂署の取り調べ主任はそこを突いたらしいが、本人たちは自分のスマホと言い張っている」

「おそらく脅されているんでしょうね。スマホに指示役との交信記録は残っているんでしょう」

「駄目だ」

宍戸は憮然とした表情で首を横に振る。

「テレグラムというらしいが、時間が経てばメッセージが消える通信アプリを使っている。記録は残っていない」

「ちっ」

志木は聞こえよがしに舌打ちをするが、この場の総意を代弁しているためか咎める者はいない。瑠衣も同感だった。スマートフォン一つとっても、便利な機能が一つ増える度にそれを利用した新たな犯罪が生まれる。鑑識や科捜研が分析ツールを開発すれば、また新たな技術に便乗した犯罪が生まれる。まるでイタチごっこだ。

「殺害された久水の解剖報告書が出た。直接の死因は失血によるショック死。外傷は大小三カ所あるが、致命傷となったのは肺に達するまで深く刺さった一撃だ。凶器のナイフは死体に刺さったままで発見されている。さすがに指紋は拭き取られているがな」

瑠衣たちに死体とナイフの写真が配られる。凶器とされるナイフは柄が太く刃渡りは十センチほどしかない。刃が肺に達するには根元まで突き刺さなければならないが、そうなるとよほどの腕力が必要となる。

「死亡推定時刻は六月五日の午後十時から十一時にかけて。南青山の盗難事件が午前十一時二十分だから、事件発生の半日後に殺害されたことになる」

何の感興もなさそうな口調だが、殺害犯に対しての怒りが垣間見える。殺害された久水は二十歳になったばかりの若者だ。そんな人間が慣れない犯罪に加担させられ、挙句の果てに殺害される。提示された報酬がいくらだったのかは不明だが、結果的には安い命になってしまった。

居並ぶ捜査員たちから憤懣(ふんまん)遣る方ない空気が漂ってくる。義憤に駆られているのは瑠衣も同じだ。人物評には辛辣(しんらつ)な比米倉が久水については否定的な文言を口にしなかったのは、それだけ本人が癖のない普通の学生であったことを物語っている。

「ここで時系列を整理する」

宍戸はそう言うとホワイトボードを引き寄せて、下手くそな字で書き始めた。

・五日午前十一時二十分、南青山の盗難事件発生。
・同午後十時、代々木上原のマンションで日浦裕多加を逮捕。
・同午後十一時四十五分、六本木路上で当該のワンボックスカーを発見。車内には犯行に使用されたと思しきバールのみが放置されていた。
・六日午前四時、タクシー無賃乗車で宮越昭良を越谷市内にて逮捕。
・同午前七時三十分、乃木坂の公園にて久水奏多の死体発見（死亡推定時刻は五日午後十時〜十一時）。

「日浦と宮越の供述は一致している。高級腕時計の強奪に成功した三人はしばらくワンボックスカーで逃走した後、ナンバーで追跡されることに気づいてクルマを乗り捨てた。腕時計を収めたスポーツバッグはいったん久水が預かり、後で合流してから山分けにすることにして三方向に逃げた。ところが日浦と宮越は久水と連絡が取れなくなり、そうこうしているうちに相次いで捕まっちまった。二人とも久水の殺害に関しては否認している」

次に宍戸は赤坂周辺の拡大地図を広げる。

「日浦が侵入を試みた代々木上原のマンションから死体が発見された公園までは五キロ以上離れている。死亡推定時刻との差を考慮すれば日浦が久水を殺害するのは時間的に無理だ」

「仲間割れの結果ということなら、残る容疑者は宮越ですよね。久水を殺害してから乃木坂の公園に捨てて、そのままタクシーで逃亡を図ったんじゃないですか」

瑠衣が割って入るが、宍戸はまた首を横に振る。

「宮越にも無理だ。ヤツは割れたショーケースから腕時計を取る際、ガラス片で利き腕の右手首をざっくり切っている。手当てをした警察医によると全治二週間の大怪我で、とてもじゃないがナイフで肺まで達するような深手は負わせられないそうだ」

日浦にはアリバイがあり、宮越は殺害行為そのものが不可能。自ずと指示役の影が頭を擡(もた)げてくる。

「久水の上着のポケットには、やはり同機種のスマホがあった。例によって交信記録は消滅している」

「三人が元々持っていたスマホは、指示役が預かっていたのでしょうね」

「個人情報が満載の上、実行前の指示役との交信記録が残っているとしたら、おいそれと渡す気にはなれんだろうな」

志木は思いついたように提案する。

「日浦と宮越をウチで取り調べてみましょうか」

所轄の捜査を上書きするようで赤坂署の神経を逆撫でしかねない申出だと思った。だが宍戸はいささかの躊躇(ちゅうちょ)も見せない。

「事件は単なる盗難から殺人に移行している。別に構わんだろ」

宍戸は良くも悪くも縄張り意識が希薄に過ぎる。その希薄さが今回の捜査で吉に転んでくれるよう祈るしかない。


瑠衣と志木は捜査本部の立った赤坂署へと向かう。取り調べ委譲の件は了承を得ているが、担当捜査員は感情を表に出すまいとしているようだった。

まずは日浦を尋問する。今回は対象者が若年ということもあり、訊き手が瑠衣、記録係は志木が務める。

日浦裕多加は三人の中で一番年下だ。偉丈夫なのに顔にはまだ幼さが残っている。見るからに線が細く、とても強盗をするようなタイプには思えない。

「以前から闇バイトの話は聞いてたんですけど、玉石混交だと思ってたんです。ヤバいのもあるけど限定グッズ販売の並び代行なんて、時給はともかく労力がほとんどゼロじゃないですか」

「思いついたのは誰なの」

「久水くんですよ。彼がSNSで割のいいバイトがあるからって誘ったんです。物品の運搬、一回二十万円」

物を運ぶだけで二十万円。プルトニウムではあるまいし、割がいいという前に怪しい仕事と疑わないのだろうか。

「メンバー登録を済ませると、数日後に呼び出しを受けました。新宿の喫茶店でした。そこで久水くんと宮越くん、三人が初めて顔を合わせました。もちろんリーダーは久水くんです」

バイトの具体的な内容を説明される前に、学生証や運転免許証で身元確認をされたと言う。

「そこから高級腕時計店襲撃の話になったの」

「いえ、物品の運搬だから誰が運転役で誰が運び役だとか。免許証を持っているのは宮越くんだけだったので、担当はスムーズに決まっていったんです。時間とコースも。でもいよいよ物品の内容となって、やっとロレックスとかの高級品を奪う計画だと知らされました」

「その時点で逃げようとは思わなかったの」

「全貌を知らされたのは実行の一時間前ですよ。宮越君が借りたワンボックスカーの中には、いつの間にか道具やお揃いの服が置いてあって。途中で抜けようにも学生証とかで個人情報を知られていて脅されたんですよ。断ったら、大学や親にバラすって。そうしたら、もう恐くて断りきれなかったんです。スマホはその時に奪われました」

「襲撃直後から話してください」

「無事に腕時計をスポーツバッグに放り込んで、クルマに飛び乗りました。そのまま六本木方向に逃げていたんですけど、途中でクルマが防犯カメラに映っていたんじゃないかって気づいたんです。ナンバープレートが映っていたら、すぐに捕まります。それで僕と久水くんが先に降りたんです。降りた後、僕は代々木上原に逃げたんですけど、スポーツバッグを持った久水くんは別方向に逃げました。落ち着いたら、二人の銀行口座に二十万円が振り込まれ、スマホも自宅に郵送される約束でした。でも主要道路にはお巡りさんが検問や職務質問をしていて、自宅に帰るに帰れませんでした」

その後については赤坂署の報告が明らかにしている。職務質問に掛かった日浦はその場で逃走、捜査員と追いかけっこの後に代々木上原のマンションで逮捕と相成る。

供述は眉唾物にしか感じられなかった。歳の近い久水に体よく脅されるというのも嘘臭ければ、仕事の内容に気づきながら唯々諾々と従った経緯にも納得がいかない。

日浦に気取られないように志木と視線を合わせると、彼も同意見だというように小さく首を振った。

「強盗は五年以上の懲役って教えてもらった?」

日浦の顔に翳（かげ）が差した。

「二十歳未満なら罪にならないとでも教えてもらったのなら、それ大間違いだから。令和三年の少年法等の一部改正で現住建造物等放火罪、強制性交等罪、強盗罪、組織的詐欺罪に問われた十八歳以上の少年については原則逆送対象事件、つまり家庭裁判所ではなく一般の裁判所で普通に裁かれることになる。初犯でも、手口が悪質だったら懲罰の意味も含めて罰は重くなるでしょうね。そこまで考えて供述した方がいいよ」

途端に日浦は落ち着かない様子で瑠衣と志木を代わる代わる見る。

やっと真実を喋るのかと期待したが、葛藤の素振りを続けた挙句、日浦はそれ以上を決して打ち明けようとしなかった。

宮越昭良の供述も日浦のそれと似たり寄ったりだった。SNSで割のいいバイトを探していると久水のツイートを見つけてメンバー登録をしたと言う。南青山の店舗を襲撃し、久水と日浦を降車させた後の行動は以下の通りだ。

「レンタカーは僕の名前で借りているので、いつ足がつくか気が気じゃなかったです。六本木で乗り捨ててからは道を歩くのも電車に乗るのも怖かったです。タクシーを捕まえてからは、なるべく遠くに離れたくて。所持金は五百円しかなくて、越谷市内に入ったところでどうやって乗り逃げしようかと必死に考えました。結局、無賃乗車で通報されちゃいましたけど」

「あなた、利き腕の右手に大怪我をしてたよね。よく運転できたよね」

「AT車はあまりシフトチェンジしなくていいから片手でも何とかなりました」

「強盗は五年以上の懲役だと知っていましたか」

「そんなことまで知りませんよ。ただ二十歳を過ぎているので、無罪にならないことくらいは承知していました」

「承知していたのなら、どうして途中で離脱しなかったの」

「何と言ってもスマホを取り上げられてますから。僕ら、スマホがなかったら一日も生活できませんよ。さっき、所持金が五百円しかなかったって供述したでしょう。電車やら飲食やら、支払いの大部分はスマホ決済なんです。玄関ドアだってスマートロックだから、基本スマホで開け閉めしているんです。そんなものを人質にされたらどうしようもないです」

宮越の弁も頷けないではなかったが、やはり久水の脅しに逆らえなかった不自然さが付き纏う。彼も隠し事をしているようにしか思えなかった。

「久水よりあなたの方が年上でしょう」

「こういうのに年上とか年下とか関係ないですよ。主導権を取った者の勝ちです」

二人から事件の主犯格と名指しされている久水については、赤坂署が鑑取りでその人物評を集め出していた。

曰く社交的。

曰く陽気。

曰く軽薄。

曰く慢性の金欠。

だが居丈高だとか威圧的だとかの評判は一つも報告されていない。顔つきも童顔であり、脅す側よりも脅される側と言われた方がしっくりくる。

「あなたが供述した内容以外で話し足りないこと、あるいは話し忘れたことはありませんか」

「知っていることは全部話したつもりです」

瑠衣が正面切って見据えると、宮越はついと視線を逸らした。どれだけ落ち着き払っていても若さ拙さは露呈するものだ。

「あなたは成年です」

「そんなの知ってますよ」

「テレビやネットでは、強盗の実行犯としてあなたの実名が報道されます」

「しょうがないでしょう」

「あなたが隠していることはそれよりも深刻な問題なのですか」

「だから、隠してなんかいませんって」

宮越は拗ねたようにそっぽを向いた。

日浦と宮越の尋問を終えると、瑠衣と志木は久水の自宅に向かった。

彼の借りていたのは高田馬場駅から徒歩で十五分、古いなりに瀟洒なアパートの一室だった。既に家宅捜索が始まっていて、鑑識を含めた捜査員たちが忙しなく出入りしている。

捜査員の陰に隠れてうろうろする一人の婦人が目についた。近づいて誰何してみると、久水奏多の母親と名乗った。

「梨花と言います」

家宅捜索が終了していないため、二人は一階管理人室を借りて梨花を誘う。

「警察から知らせを聞いた時には気を失いそうになりました」

梨花は悄然と肩を落としたまま話し始めた。母親相手なので、ここでも瑠衣が聞き手に回る。

「高級腕時計のお店が襲われた事件は見聞きしましたけど、まさかその一人が奏多だなんて。でも防犯カメラに映っていた一人は確かにあの子みたいでした。走り方にも特徴があるし」

「左足を少し擦り気味に走る癖ですね」

「中学三年生の時、陸上で筋を傷めたんです。早く手当てをすればよかったんですが、あの子がなかなか病院に行きたがらなくて」

「息子さんは日頃から生活費の不足を学生仲間に愚痴っていたようです」

「それはわたしの不甲斐なさからです。最近は仕送りも満足にできなくて」

梨花は訥々と話し始める。彼女によれば久水奏多が高校に入学した頃、父親は借金を残して失踪したのだと言う。父親名義の不動産や動産は借金の返済に消え、梨花は女手一つで奏多の高校生活を支えたことになる。

大学の入学金は何とか工面したものの、年間の授業料は一年目の半期で頓挫した。訊き込みで得た情報では奏多が金欠を訴え始めたのもその頃だから、証言と一致する。

梨花が何を考えたのか容易に想像がついたので、瑠衣は気が重くなった。

「わたしが至らないばかりに、あの子を犯罪に走らせてしまいました」

家宅捜索の場では堪えていたのだろう。一度嗚咽が洩れ始めると、もう止めようがなかった。

「本当に優しい、子なんです。気が弱くて、いつもいつも、苛められてました。それなのに、わたしには心配をかけさせまいと、何も言わないんです」

嗚咽しながら話すので本人ももどかしいようだ。情けないです。言葉を継ぐ度に声が乱れていく。

「おカネに困って、他人様のものを盗んだ。情けないです。あの子がじゃなくて、わたしが情けないです。でも、でも、何も殺されなくてもいいじゃないですか。思い余って盗んだにしても、罰が重すぎるじゃありませんか。あんなに、あんなにいい子だったのに」

とうとう梨花は大粒の涙を流し出した。こうなれば泣き止むまで聴取は難しい。瑠衣は彼女が落ち着くまで静観することにした。

数分後、ようやく落ち着きを取り戻した梨花は居住まいを正した。

「お見苦しいところをお見せして申し訳ありませんでした」

「最近、息子さんから特別な連絡とかありませんでしたか。たとえばいいバイトが見つかったとか、面白い人に逢ったとか」

「バイトを掛け持ちするようになってから、あの子からの電話はずいぶんと少なくなりました。以前は週に一度が最近では月に一度になっていました。寂しいとは思いましたけど、あの子が自分のために一生懸命やっているのなら、母親は我慢しなきゃと思いました。今、とても後悔しています。あの子が多少迷惑がっても、毎日連絡をするべきでした。そうしていたら、あの子が犯罪に巻き込まれることもなかったのに」

梨花は好ましくない思考回路に入っている。引き戻そうとも思ったが、後ろにいた志木から背中を小突かれた。

放っておけ。

志木の窘め（たしなめ）はすぐに理解できた。この場は感情を全て吐き出させた方がいい。全部吐き出してしまえば、身も心も少しは軽くなる。

案の定、梨花は再び泣き出した。

鑑識作業の終了とともに、瑠衣と志木は久水の部屋に足を踏み入れた。

ひと言で表せば、ごく普通の学生の部屋だった。

書棚にはソフト関連の専門書と講義のテキスト。机の上には薄型モニターとゲーム機、クローゼットには見るからに安物の普段着が無雑作に並べられている。

念のため、瑠衣は書棚に並んだ書籍の背表紙を一冊ずつ検（あらた）めてみる。思った通り、バイト雑誌の類いは一切見当たらなかった。

瑠衣が学生の頃、バイトを探すならまず求人雑誌を開いたものだ。だが久水は雑誌ではなく、ネットで情報を求めるらしい。

もし彼がネットではなく、安心できる情報しか載せていない求人雑誌を読んでいたら殺されずに済んだのではないか。そう考えると胸が締め付けられるようだった。

「鑑識は何も目ぼしいものは発見できなかった」

志木は部屋の中を見渡した。

「これだけ私物が残っているのに、久水奏多がどんな人間で、どんな理由で殺されたのか片鱗さえも見当たらない。きっと答えは本人のスマホの中に収められていたんだろうな」

「少なくとも蔵書で蓄えようとした知識の種類は分かります」

「春原よ。頭の出来でそいつの善悪が決まる訳じゃないぞ」

「ええ。そんな単純なもんじゃないのは分かってます」

「頭が悪いヤツは粗暴犯になる。頭のいいヤツは知能犯になる。それだけのことだ」

そっちの分類法の方がよほど単純だと思ったが、口にはしなかった。

捜査本部に戻った瑠衣は頃合いを見計らって比米倉に電話を掛けた。事件に関連して、自分が知り得た情報は細大洩らさず伝える約束だった。

捜査の進捗状況、日浦と宮越の取り調べ内容までは比米倉も興味を持って聞いていたようだが、話題が変わると返事の口調も変わった。

「本人のアパートに栃木の実家からお母さんが来ていた」

『そう』

「興味なさそうね」

『心底どうでもいい。あいつが苦学生だという裏付けになるだけだよ』

「親御さんの教育で子どもの性格がある程度決まる。昔から、親の顔が見たいって言うでしょ」

『そういうのが関係ないヤツもいる。一緒くたに考えると間違えるよ』

きっと比米倉は自分が『関係ないヤツ』の一人だと思っているに違いない。そう言えば、比米倉の口から家族の話は一度も聞いたことがなかった。

尋ねようとは思わない。父親の事件がきっかけで復讐代行業に与したが、これ以上深く関わるにはまだ躊躇がある。比米倉や鳥海について深く知ることに怖れがある。

『母親の話以外は有意義だった。ありがとう』

「これからどうするの」

『あんたたち警察が調べそうにないことを調べる』

電話は一方的に切られた。

警察が調べそうにないことを調べる。比米倉らしい物言いだと思った。彼の能力を知らなければ傲慢に聞こえるだろうが、知った今では謙遜にすら聞こえる。

願わくば比米倉個人の事件に収まってほしいと願う。これ以上拡大すれば、いずれ瑠衣の職務に侵食しかねないではないか。

自らの手を汚しておきながら、瑠衣は未だにもう一歩が踏み込めずにいた。

3

瑠衣から話を聞いた比米倉は、己の考えを整理してみる。この事件では次の四点が解明されていない。

1　久水たちがどうして強盗事件に加担しなければならなかったのか。
2　強奪された高級腕時計はどうなったのか。
3　久水たちに指示を出していたのは何者なのか。
4　久水を殺害したのは誰なのか。

この四つを解き明かしさえすれば久水の汚名は払拭できる。比米倉はキャンパスから南大塚の事務所に急行した。途中で立ち寄ったコンビニエンスストアで数日分の食料品と飲料水を買い込み、籠城に備える。

事務所に到着すると、早速数多の機器の電源を入れた。全ての機器が稼働すると恐ろしいほどの放熱になるのでエアコンを全開にしなければならない。かくして四十アンペアが設定されている事務所は容量ぎりぎりとなる。これでドライヤーをかけようものなら瞬時にヒューズが飛ぶ。鳥海には従量電灯Bから上のクラスに変更してくれと頼んでいるが、ビルのオーナーから許可が下りないらしい。

壁二面を占領するモニター群を前にして、両手の指を鳴らす。

瑠衣に大見得を切ったのには相応の根拠がある。機動力では警察組織の足元にも及ばない。だが捜査力では引けを取らない。こちらにはビッグデータを解析し、再構成する能力がある。時には非合法なハッキングやデータ改竄も思いのままだ。国家権力の特権を抜きにしても、法律で雁字搦めになった組織など恐るるに足らずではないか。

志木という刑事は『答えは本人のスマホの中に収められていたんだろう』と言ったらしい。瑠衣の同僚にしては慧眼だ。自分を含め、同世代の大部分は携帯端末に全てを詰め込んでいる。プロフィールも、性格も、財産も、信条も、嗜好も、過去も、現在も、そして将来への希望も。スマートフォンがなければ一日も暮らしていけない不安は手に取るように分かる。携帯端末は持ち主そのものと言っても過言ではないのだ。

だからこそ比米倉はネットに潜入して、忘れられた記録や削除された情報を掻き集めようとする。

さあ見せてくれ、ビッグデータ。

俺は、あの三人の別の顔が知りたいんだ。

しばらく比米倉は可能性を一つずつ潰す作業に没頭していた。人は生活する限り痕跡を残す。それはネットも同様で、立ち入る場所には必ず足跡を残す。比米倉の仕事は鑑識よろしく、隠されて見えなくなった足跡を浮かび上がらせる作業だった。

ひと通りソーシャルメディアを巡った後、比米倉は事件の第一報に立ち戻ってみた。高級腕時計店を襲撃し、店舗から逃げ出す三人組の映像。画面の隅には逃走用のワンボックスカーが遠景に捉えられている。

ワンボックスカーを眺めていた視線が異物を発見した。レンタカーには存在しようのないモノだった。

何度か拡大と鮮明化を繰り返すと、ほどなくして異物の正体が明らかになる。

比米倉の思考に閃光が走る。

そうか。

そういうことだったのか。

＊

四度目の捜査会議の席上でも大きな進展は報告されず終いになりそうだった。

「不甲斐ないな」

雛壇に座る村瀬（むらせ）管理官は不満を堂々と口にする。

「事件発生から一週間が経過したというのに、初動捜査の収穫がほとんどないとは」

横に座る津村（つむら）一課長は唇を真一文字に締めている。村瀬の悪口は捜査員のみならず、統括する自分にも向けられているからだ。また上長に向けた面罵はそのまま部下への面罵にもなる。

「久水殺害犯の手掛かりが皆無なら強奪された高級腕時計の行方も杳（よう）として知れない。これでは合同捜査にした意味がない」

言い捨てると、村瀬は解散の言葉もなく席を立った。後に残された津村が渋々といった体で会議の終了を告げる。

「やれやれ」

三々五々と捜査員たちが散らばる中、事件の専従を任されたはずの宍戸は弱々しく嘆息する。これが麻生や桐島なら顔色を変えて部下を叱咤している場面だ。

だがそういう上司だから救われる部下もいる。他ならぬ瑠衣もその一人だ。事態が膠着化した時、叱咤を必要とする者もいれば鼓舞や慰撫を必要とする者も存在する。要は何が突破口になるかの違いだろう。

村瀬が苛立つのは久水殺害事件の捜査が進展しないからだけではない。彼ら三人に犯行を指示していた者の存在が不明確だからだ。

最近、若年層を使役した犯罪が増加傾向にある。主に特殊詐欺に関わる要員に素人をあてがい、己は安全地帯から計画の推移を見守るという犯行態様だ。警察庁はこの事態を憂慮し詐欺集団のトップを捕えようと目論んでいる。従って村瀬にとっての本丸は、殺人犯ではなく強盗事件の指示役なのだ。だが指示役はなかなか尻尾を摑ませようとしなかった。

もう一度日浦と宮越を尋問してみようか。そんな風に考えていたら、スマートフォンが着信を告げた。発信したのは比米倉だった。

『瑠衣さん、分かった』

挨拶もすっ飛ばして比米倉は話し出す。

『久水を殺したのは日浦だ』

「何をいきなり」

『そっちで、南青山の店から三人組が飛び出す映像を見られますか』

「ちょっと待って」

スマートフォンを操作して防犯カメラが捉えた映像を呼び出す。

「出したよ」

『逃走に使ったワンボックスカーだけど、後部窓の隅から青色の物体がはみ出ているのが分かりますか』

「この映像では不鮮明過ぎる」

『拡大して高精細にしたものを送るから』

間もなく送信されてきた拡大写真には、窓の下から顔を覗かせる青色の物体が鮮明に映っていた。

「これって」

『鑑識作業で見慣れているでしょ。それ、ブルーシートの端です』

言われて、ようやく思い至った。

『使われたのはレンタカーだよ。貸し出される前にそんなものが敷かれている訳がない。

ブルーシートは三人がクルマに乗った際、他の道具と一緒に用意されていたんだ。ブルーシートの一般的な用途は何だと思う』

「水漏れ防止」

『正解。もう分かるでしょ。久水は公園で殺されたんじゃない。逃走中のワンボックスカーの中で殺されたのさ。ブルーシートは傷口から噴き出た血が車内に広がらないための工夫だよ』

頭が目まぐるしく回転する。殺害現場が遠く離れた場所でなければ日浦のアリバイは成立しなくなる。

『死亡推定時刻から考えて、殺害は日浦が代々木上原で降車する寸前に行われたんだと思う。狭い車内で大柄な日浦に伸し掛かられたら久水も大した抵抗はできなかっただろうね。日浦を降ろした宮越は、そのまま死体とともに乃木坂に向かう。深夜の公園で人けはない。宮越はブルーシートごと久水の死体を降ろして、植え込みに押し込む。シートに溜まっていた血を同じ場所に撒いておけば、そこが殺害現場だと偽装できる。日浦のアリバイも同時に偽装できる』

説明されれば極めて単純なトリックだった。だが単純なものほど思考に入りにくい。

「でもワンボックスカーが発見された時、ブルーシートなんてなかったのよ」

『あの公園はホームレスたちが塒(ねぐら)にしていた場所でしょ。だったらトイレかどこかで血を洗い流した後、そこらに放置しておけばホームレスが有効活用してくれるはずだよね』

「腕時計の入ったスポーツバッグはどうなったの」

『どうして警察はワンボックスカーの進行だけを注視したのかなあ』

次に送られてきた映像は、どこかのゴミ集積所だった。拡大した画に目を凝らせば、写真で見慣れたスポーツバッグがゴミ袋の隙間から覗いているではないか。

『道中でスポーツバッグも降ろしたのさ。ゴミの収集時間は場所ごとに決められている。つまり収集車が来るまでに回収しておけばいい。残念ながらもう手遅れだけどね』

使い古しの安っぽいスポーツバッグだから、通り過ぎる者が見咎めてもゴミとしか認識しない。わざわざ中古品を用意したのは、これが目的だったか。

しかしまだ疑問は残る。

「殺人も誰かの指示だったのね。その日初対面だった人間が、そうそう自分の算段で人を殺すはずない」

『だろうね。二人ともスポーツバッグの受け渡しも、殺人も、アリバイ工作も指示に従っただけだと思う。もちろん久水本人には殺害の指示は伏せられていた』

「現場に居もしない人間の指示だけで人を殺すなんて考え難いけど」

『それだけ恐喝のネタが深刻だったのさ』

「見つけたのね」

『少し古い話だよ』

次に送信されてきたのは二つの動画だった。眺めて、あっと思った。いずれも今より幼い顔立ちの日浦と宮越が映っている。

『所謂、迷惑動画というヤツだよ。日浦は三年前、牛丼チェーン店に備え付けられている箸箱の中に唾を吐き散らかしていた。宮越は二年前、カレーハウスに備えてある福神漬の中に指を突っ込んで掻き回した。二人ともその場のノリでやっちまったんだろうね。撮っているのは友だちみたいだし。当時は大して拡散もされなかったし、迷惑系YouTuberなんて存在もなかったからネットの隅に埋もれていた』

「よく、こんな動画を発掘してきたものね」

『本人たちのアカウントさえ判明すれば簡単な仕事だった。時間はかかったけどね』

「でも、それしきの脅しで強盗や殺人まで犯すなんて」

『瑠衣さん、回転寿司で発覚した迷惑行為の事件を憶えているでしょ』

つい最近の事件なので忘れようもない。回転寿司のチェーン店で、客の一人が湯呑を舐めたりレーンを移動中の寿司に唾を付着させたりした動画がネット上で炎上し、親会社が警察に被害届を提出した事件だ。

『全国展開するようなチェーン店だから被害総額は何十億何百億もの単位になる。高級腕時計の被害総額二億なんて比較にもならない。多額の賠償金は本人のみならず家庭をも崩壊させる。もちろん本人たちにまともな就職口なんか望めない。そりゃあ強盗だって罪は重たいだろうけど、計画実行のわずか一時間前、それも就職を二、三年先に控えた大学生が突きつけられたら判断力を失う。そして無我夢中で強盗を遂行したらしたで、今度はそれが新しい恐喝材料になる』

瑠衣は自然に身震いする。考えるだに吐き気を催すような奸計だと思った。

『調べたけど、久水にそういう過去はなかった。だから仕事に巻き込んだはいいけれど、脅しの材料が少ない久水は指示役にとって脅威になりかねない存在となった』

「たったそれだけの理由で殺したって言うの」

『我が身を護るには充分な理由だよ。雇われた三人はどれも捨て駒だよ。捕まろうが死のうが知ったこっちゃない。現にそういう扱いだったでしょ』

冷酷な言い方だが正鵠を射ていた。トカゲの尻尾ですらなく、彼らは計画の最初から捨てられる前提だったのだ。

『日浦と宮越の迷惑動画は今もネットの隅に残っている。どんなに本人が削除したつもりでも現に俺は見つけたからね』

動画を突きつければ、日浦と宮越も新たな供述をするに相違なかった。

『日浦と宮越が怯えたのも、多分その部分だよ。警察からは逃げ果せるかもしれないけど、晒されればネットからは決して逃げられない。ネットに投稿されたものは多かれ少なかれデジタルタトゥーになる惧れを内包している。ソーシャルメディアの宿命みたいなものだよ』

「やり遂げたじゃない、久水さんの復讐代行」

『ふん』

比米倉は鼻で笑ったかと思うと、すぐに電話を切ってしまった。

＊

瑠衣からの報告が入ったのは、その翌日のことだった。

『公園で寝泊りしているホームレスの一人が当該のブルーシートを使っていた。ルミノール反応と日浦と宮越の指紋が検出された。それを告げたら二人とも先の供述内容を翻したわよ。あなたの読み通りだった』

比米倉は大して驚きはしなかった。無論、勝利の喜びもない。

『実行の一時間前に詳細を知らされた久水さんは躊躇したけど、他の二人に説得されて嫌々ながら計画に参加した。でも、お店を襲撃した後、何度も自首しようって二人を説得したんだって。指示役に伝えた直後、一人に彼の殺害命令がメール送信されたらしい』

　案の定、指示役が存在していたのだ。

「宮越が利き腕に怪我をするのは想定外だったはずだけど」

『怪我の事実を報告すると、指示役はその場で即座に日浦のアリバイ工作を思いついたみたい。ブルーシートは元々久水さんの死体を運搬する目的で用意したけど、咄嗟の判断で殺害場所の偽装に利用したらしい』

　比米倉は指示役の機転の早さに舌を巻く。当意即妙の判断と併せて考えると、並大抵の頭脳ではない。

「指示役のことは、どこまで喋ったの」

『全然。久水さんじゃないのは認めたけど、それだけ。そもそも闇バイトの広告を打ったのも指示役だったんだけど、メールでやり取りするだけだったから顔も見ていないし声も聞いていない』

「じゃあ、年齢や性別すらも分からないじゃん」

『残念ながら。判明したのは呼び名だけ』

「何て呼び名だよ」

『日浦と宮越は〈ショウさん〉と呼んでいた。ショウが本名かどうかも分からないけど』

「教えてくれてありがとう」

電話を切ってから、一人比米倉は事務所の中で復唱してみる。

ショウ、か。

憶えたぞ。

忘れて堪るものか。

ミステリ作家とその弟子

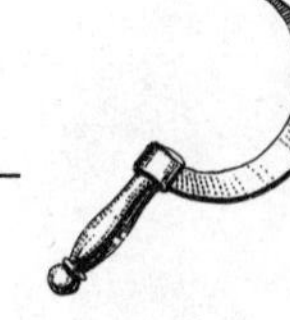

有栖川有栖

トートバッグから分厚い紙の束を取り出し、膝の上で広げた。若い作家のデビュー二作目の校正刷り(ゲラ)だ。

時には列車の揺れに邪魔されながら、西川明夏(にしかわあきな)は疑問点に鉛筆で書き込みを入れていく。面白いと思った箇所には〈いいですね〉とコメントを添えた。これを書くと作者が喜ぶのだ。

カリスマ的な人気を持つラッパーの歌をなぞるように奇怪な殺人が続く本格ミステリである。まだ三分の一しか読んでいないが、傑作の予感がしていてうれしい。新人賞を獲った前作は期待したほどは注目されなかったので、この新作で脚光を浴びてもらいたいものだ。

作業に没頭しているうちに横浜に着き、次に顔を上げたら戸塚あたり。このままどこまでも乗り続けて原稿の最後まで目を通したかったが、あと二十分もすれば目的地に着いてしまう。

横須賀線に入り、鎌倉を出たところでゲラをバッグにしまった。日によっては気難しいこともある刑部慶之助（おさかべけいのすけ）と会うのに備え、次の駅までに心の準備をしなくてはならない。今日は面倒な話になりそうもないので、さほど緊張はしていなかった。

ただ、このところ作品が低調なのが気にはなっている。ベテラン作家の〈勤続疲労〉らしいが、まだ老け込むには早い。次作で本来の調子を取り戻してもらうことを望んでいる。

逗子（ずし）駅で下車して、タクシーで海岸の方へと向かった。十分ほどで白壁の刑部邸の前に着き、門柱のドアホンを鳴らす。二時十分。約束どおりの時間に訪問したつもりだったのに――。

「西川さんがおいでになるのは聞いていたけれど、三時過ぎじゃなかった?」

出てきた萌子（もえこ）夫人に言われて、どきりとした。電話で確かに「二時過ぎにお伺いします。二時十分ぐらいになりそうです」と伝えたのに、作家が勘違いをしているらしい。夫人はすぐに察してくれた。

「ごめんなさい。あの人がうっかりしていたのね。そそっかしいから」

優しく言ってくれる萌子は、作家より五つ年下の五十四歳。明夏の母親と同い年である。向こうにすれば明夏が娘のように感じられるのか、いつも温かく接してくれた。夫妻に子供はいない。

「申し訳ないけれど、一時間ほど応接室で待ってもらえる？」

この界隈は静かな住宅地で、時間を潰せる喫茶店などない。応接室で一時間ほど待ったことは以前にもあったし、萌子夫人が「さあ、どうぞ」と笑顔で促すので、「それでは」と靴を脱いだ。

「バッグにゲラが入っているみたいね。重たそう。お仕事を持ち歩いているんだったら、うちで済ませればいいわ。時間が無駄にならない」

おっとりとしていながら勘がいい夫人は、コーヒーとチーズケーキを出しながら言ってくれた。

「ありがとうございます。では、こちらの応接室を仕事場に使わせていただきます。あとはどうかお構いなく」

「ちょっと向こうに声を掛けておくから」

と言っていたらドアが開き、頭髪にも鬚にも白いものが混じる慶之助が現われた。ごつごつと骨張った顔は怒ると迫力があるが、今日の表情は穏やかである。黒くて大きなフレームの眼鏡が、いつもながら少し暑苦しい。

立ち上がって一礼すると、彼から詫びてきた。

「二時過ぎだったのを私が間違えたのか。二時と聞いた気もしてきた。すまんね」

「いえ、よく確認しなかったこちらが悪いんです」

早くきたのなら予定を繰り上げて打ち合わせを始めよう、とはならなかった。

「三時まで御堂君と話がある。待っていてくれ」

「かしこまりました」と応えたら、「じゃ、あとで」と引っ込んでしまった。

「清雅さんはずっと家にいるんだから、そっちを後回しにしたらいいのにね」萌子が苦笑する。「融通が利かないこと。今日の午後はレクチャーをすると決めていたみたいで、二時頃から向かいの部屋で話し込んでいるの。——ほら、聞こえるでしょう?」

廊下を挟んだ向かいは、慶之助の書斎兼書庫だ。ドアが薄っぺらなわけでもないのに、二人の声がはっきり聞こえていた。慶之助の地声が大きく、御堂清雅の声が妙に甲高いからだ。「君はどう考える?」「よく判りません」などとやっている。

「先生のご指導はいつも厳しいんですか?」

そうではないかと想像したのだが、萌子の返事は「さあ」だった。

「私には創作のことは判らないから何とも言えない。猫撫で声で優しく指導しているのでもないけれど、怒鳴りちらすこともないわ。まだ清雅君が叱られる域に達していないせいかもね」

「御堂さんは、作品を添削してもらったりは?」

「やっているようね。自由に書いたものやら、出された課題に応じたものやら、色々と。

刑部に『これでは駄目なんだ』とかやられている」

「御堂さんがよいものを書き上げたら拝読させてください、と先生にお伝えしてあります。編集部でも楽しみにしているんです」

「珍しいものね。今時、作家が弟子を取るだなんて。しかも内弟子」

御堂清雅は一年前にアポも取らずに刑部邸にやってきて、慶之助に弟子入りを嘆願したという。『漱石や百閒じゃあるまいし、作家が弟子を取るなんていつの時代の話だ』と鼻で嗤われても、『しつこいな、君は』と邪険に拒まれても、清雅はめげなかった。二週間ほども通いつめ、ついには慶之助をうんと言わせることに成功し、住み込みの弟子となる。

作家が根負けしたのではない。身体壮健で車の運転がうまく、デジタル機器――慶之助は苦手としていた――の扱いに長け、庭いじりや料理も達者な二十五歳の男を家に置いたらどれほど便利か、徐々に理解したのだ。刑部夫妻は揃って小柄だ。「高いところの電球を替えてくれるだけでも大助かり」とは萌子の弁である。

慶之助はそれなりに稼いできたというのに吝嗇なところがあるのか、妻を楽にするために金を使おうとしない。家事全般から車の運転まで萌子に任せてきたので、「萌子さんが大変そうだな」「あの奥さん、出来すぎだよ」と編集者のうちで囁かれたりしていた。

夫婦仲については、明夏にはよく判らない。いかにも愛情豊かな暮らしではなさそうなのだが、こればかりは外部から窺い知れないことも多く、二人きりになると仲睦まじいのかもしれない。

ともあれ、清雅という住み込みの弟子がやってきたおかげで、萌子には自由な時間はできただろう。家政婦と庭師と運転手を兼務するのみならず、柔道が黒帯だという彼が家にきたことで、防犯の面でも安心感が増した。

清雅の頭髪は、真面目さを表現するような七三分け。たいてい白いワイシャツ姿に藍色のズボンという恰好。愛想のいいタイプでもなかったが、礼儀正しく人当たりは悪くない。刑部宅には二ヵ月に一度ぐらいのペースで出入りしているから、明夏は気安く話しかけたりするようになっていた。ミステリ作家志望の彼がどんな小説を書いているのか、まだ読んだことはないが。

「私は二階で片づけものをしてくるわ。ここでごゆっくり」

萌子が去ると、明夏はケーキをぱくぱくと平らげた。昼食が遅かったので腹が重くなるが、出されたものを食べてしまわなくてはテーブルの上にゲラを広げられないからだ。

窓の向こうには湘南の海があるはずなのに、塀に遮られて望めない。残念だが、清雅が丹精する庭は目の保養になるほど美しく、金木犀がオレンジ色の花を咲かせていた。窓を開けたら甘い芳香が漂ってきそうである。

さて、と鉛筆を握ったところで、師弟のやりとりが聞こえてくる。注意を傾けずとも自然と耳に入ってくるのだ。

お小言らしい。

「作中人物の言葉とはいえ、問題がある。ミステリは熱心なファンが多いジャンルだが、ライトに楽しむ読者も大勢いる。これはありがたいことだ。だから書き手は、そういう読者に誤解を与えないよう注意しなくてはならない」

清雅が「はい」と答えている。いったいどんな不手際をやらかしたのか、と思ったら

「『コンピュータで乗り継ぎが検索できる時代がやってきて、時刻表トリックは用済みになった』という台詞。書いた本人はどう思っているんだ？」

――

「……そういう側面はある、と」

「ああ」と大袈裟な嘆息。慶之助が天井を仰ぐ仕草が思い浮かぶ。

「読者に誤解を与えるどころか、そもそも作者が誤解していたのか。まいったな。しかし、間違いを改める機会を得たわけだ」

「間違っていますか？」

「まず訊こう。君は、これまでどんな時刻表トリックを読んできたんだ？」

清雅はいくつかの作品の名を答える。明夏が読んだものも含まれていた。彼女は最年

少ながら部内きってのミステリ通であり、「推理ものは君に任せたよ」と編集長に頼られている。

「君が挙げた作品には、確かに鉄道を利用したトリックが出てくる。よく思い出してみなさい。どの作品のトリックが、コンピュータの検索で解けるんだ？」

言葉に詰まる清雅。肩をすぼめて答えを考えているのか。

「解けやしないよ。警察に捜査協力を要請され、時刻表の使い方を熟知した鉄道員や時刻表の編集者がどれだけページを繰っても、答えが見つからないからトリックなんだ。鉄道というシステムが持つスペックの限界を超えた――かのように思える現象。断じてパソコンのキーを叩いただけで見つかるような乗り継ぎではない。ネット検索と時刻表トリックの退潮は無関係だ」

慶之助は時刻表ミステリを何編か書いたことがある。一家言を持つどころではないようで、口調が熱い。

「乗り継ぎのネット検索は九〇年代には無料でサービスが提供されていた。津村秀介さんなんか、浦上伸介シリーズで逸早く登場させていたよ。捜査側が検索しても容疑者のアリバイが強固であることが確認されるだけ。そんな状況を描けるから、ミステリ作家としてはむしろ便利になったんだ」

専門家が時刻表を隈なく調べてもアリバイが崩せないのなら、どうやって犯人はアリバイを偽装できたのか？　そこに様々な詭計があるわけで、慶之助はパターン別に例を挙げていく。明夏はすっかり聴き入ってしまい、ゲラをチェックするどころではなくなった。

「他には、意外な経路で乗り継ぐ、という手があるな。実のところ、このルートは時刻表を調べれば判る。……どうした？」

　ここで清雅が挙手でもしたのか。

「質問です。先生はさっき、『どれだけページを繰っても、答えが見つからないからトリックなんだ』とおっしゃいました。『このルートは時刻表を調べれば判る』というのは矛盾していませんか？」

「意外な経路トリックについては、時刻表を調べれば判る。トリックの在り方が異なると理解したまえ」

「トリックの在り方とは？」

「意外な経路とはいえ時刻表を調べれば判るのなら、屑みたいなトリック、いやトリック未満だと思うだろう？　A地点からB地点に行くのに、Xという路線を使ったと思い込んで『容疑者はその列車に乗らなかった。アリバイがある』と思っていたら、実はYという路線を使っただけなんて、面白くもおかしくもないようだが、違うんだ。作中の探偵役も読者も、犯人はXを利用したと思い込んでいるため、Yの可能性をまったく検討しない。何故か？　Xを利用したとしか思えないように何らかの工作をしているからで、そこがトリックなんだ。そんなもん、ネット検索で見破れるもんか！」

慶之助は、そういうトリックが堪能できる作品名を並べて、自分の蔵書にあるから未読なら読んでおくよう命じる。すかさず明夏もメモした。

「ご指導ありがとうございます。後学のために教えてください。ネット検索の影響ではないのなら、何が原因で時刻表ミステリは流行らなくなったんですか？」

「いくつか考えられる。交通網の発達と移動手段の多様化が大きいだろうね。昭和の半ばあたりだと、移動手段はもっぱら鉄道だ。高速道路網が整備されていなかったし、航空機の事情もはるかに貧弱。だから、A地点とB地点を移動するのに、最短区間を走る特急に乗っても間に合わないのなら他に手段はない、と読者に納得させやすかった。鉄道自体も未整備な部分があり、急行やら臨時列車やらが入り乱れていたため、ややこしいことが起きやすかったのも大きい」

慶之助は気持ちよさそうに語る。語って聞かせる快感に酔うため弟子を取ったのでは、と明夏は勘繰りそうになった。さすがにそれはないか。

「それとは別に、ミステリのトリックには流行がある。アリバイトリックが花形となったのは昭和三十年代に入ってからで、それ以前は密室が人気を独占していた。もちろん、今も密室ファンは多いけれどね。昭和の末からは叙述トリックが擡頭する。ファッションと同じで読者の好みは移ろうんだ。時代と人気トリックの関係を考察しようとすれば、それらしい仮説ができるかもしれない。ホラーの世界で、ゾンビをベトナム戦争のゲリラ戦と結びつけたり、吸血鬼ブームの再来を血液の病であるＨＩＶ感染症の流行と関連づけたりするように。私自身はトリックの流行を考察して意味を探すことにあまり意義が見いだせないでいるけれど、よほど斬新な説が出たら面白がらせてもらうよ」

明夏が時計を見たら二時四十分。三時に終わるのだろうか、と疑わしく思うほどの勢いで慶之助は言葉を吐く。

「あの、先生。……ところで、僕が考えたアリバイトリックはどうだったでしょうか？」

おずおずと訊く清雅。オリジナル作品を提出していたのだ。師は素っ気なく言う。

「そもそも、いくつか前例があるね。しかも、まずいことにトリックの使い方が先行作品に劣る」

慶之助は「そもそも」をよく口にする。今日はこれが二度目。

「前例があると、やはり駄目ですか？」

「ミステリの歴史は約百八十年。これまでに書かれたどんなトリックにも似ていない真っ新なものは、もはや残っていないかもしれない。前例があると承知しながら、それを巧みに換骨奪胎したり演出に工夫を凝らして再利用したりするのは禁じ手ではなく、新しい感じを読者に与えることができたら成功と言える」

　穏当な見方だな、と明夏は思う。

「それこそ意外な再利用をすればいいんだ。たとえば――古くからミステリで使われてきた小道具があるだろう。鏡とか磁石とか氷とか。今さら使うと小馬鹿にされそうだが、使い方次第では新しいトリックが創れる。鏡は、そこに存在するものをしないように見せかけたり、存在しないものがそこにあるように見せかけたり、あるいは存在するものの数を錯覚させるのに用いられる。が、鏡で証人に錯覚させることで乗り遅れた列車に飛び乗れたとしたら?」

「えっ、どうやって?」

「知らん。思いつきを言っただけだ。要するに、古臭い小道具も意外な使い方をすれば新しく感じられるトリックができる、という話だよ」

「はあ」

「特許や実用新案においても、同じことが言えるらしい。何かの汚れを落とすために開発された工業用の薬剤が、家庭での虫退治に極めて有効であることが判れば、それは一つの発明となる」

　ミステリの勉強のつもりで聞いている明夏だが、雑談のネタを仕入れている気分にもなりかける。

清雅の作品は、トリック以外の部分の不備もちくちくと批評された。どんなものかもちろん明夏は知らないが、わざわざ難癖をつけているようでもなく、慶之助が言うことは正鵠を射ているのだろう。

「君のオリジナル作品については、そんなところだ。もう一本の方だが――」

そちらは、慶之助が与えたテーマに沿った課題作品らしい。

「昔話の『桃太郎』を再構築して、自分なりに小説化せよ、というのは難しかったかな？」

「三日ほど考えました。どうしたらいいのか困りましたが、あるアイディアが浮かんでからは『これはいける！』となって、一気に筆が進んだんですけれど……」

途中から弟子の声が弱々しくなった。目の前で師匠が渋い顔をしたのか。

「あるアイディアというのは、桃太郎の出生の秘密か？」

「はい。どんでん返しをラストで仕掛けたつもりです」

どんでん返しのある『桃太郎』とはいかなるものか？　編集者は興味をそそられた。芥川龍之介も新解釈を交えた『桃太郎』を書いており、尾崎紅葉の作品には鬼が復讐する続編がある。

慶之助は滔々と語りだした。腕組みをしている様が目に見えるようだ。

「鬼ヶ島で死闘を繰り広げ、鬼の死骸の山を築く桃太郎。最後の一人にも致命傷を負わせて勝利を確信した彼に、瀕死の鬼が悲しげに言う。『お前はこんなことをするために帰ってきたのか』と。何のことだか判らず桃太郎が問うと、鬼は真実を告げる。ごくまれに角がない鬼が生まれることがある。その者は不吉なので、赤ん坊のうちに大きな桃に詰めて、人間の里に通じる川に流してしまうのだ、と」

つまり、桃太郎は鬼の子だったのだ。超人的な力を発揮できたのも、人間ではないが故。そうとは知らず、お爺さんとお婆さんに人間として育てられたために鬼ヶ島へ鬼退治に乗り込むことになり、大量殺戮(さつりく)をやらかしてしまった。殺した鬼たちの中に、実の父母やきょうだいがいたのだ。桃太郎は鬼たちの財宝を村に持ち帰り、お爺さんとお婆さんに無事の帰還と手柄を祝福されるが、自分の運命の残酷さに慟哭(どうこく)する——。

幕切れが物足りないが、どんでん返しのある作品にはなっているな、と明夏は思ったのだが、慶之助はつれなく言った。

「そのどんでん返し、たまたまネットで読んだことがある」

「えっ！」奇声を発する清雅。「本当ですか？　僕はパクりなんかせず、自分で考えたんですが」

「剽窃(ひょうせつ)を疑っているわけではない。思いつきが誰かのアイディアと一致したんだろうな」

「……先生、ネットの書き込みをよくご覧になるんですか？」

「いいや。たまたま、と言っただろう」

怪しいな、と明夏は思う。仕事の合間にあちらこちらのサイトを覗(のぞ)いているのではないか。

「オチがかぶるのは別にいいんだ。世の中には創作物があふれているから偶然の一致は避けられない。問題なのはそれを充分に活かしていないことだ」

「どのあたりが駄目ですか？」

「ラストが弱い。どうせならアイデンティティが崩壊した桃太郎が錯乱し、お爺さんやお婆さんを始めとする村人たちに襲いかかる、とか」

「嫌な結末ですね。正直なところ僕は、そういうダークな物語は苦手です」

「ダークに書けるところはそれ以外にもいっぱいあるんだが、ま、それは置くとして、お爺さんが山へ柴刈りに、お婆さんが川へ洗濯に行くシーンから始まるのはどうにかならなかったのかね？」

「やはりお婆さんが桃を見つけて拾う場面を冒頭に出したかったので、そのようにしました」

「そもそも主人公が生まれるシーンから始まる物語なんて、幼児でも楽しめる昔話のまんまじゃないか。小さな子供は回想や凝った場面の切り替えや視点の移動が理解できないからストーリー＝プロットになっているんだ。君は幼児向けのプロットのまま書いている。どんでん返しでヒーローの残酷な運命を描きながら、対象読者は三歳児なのか？」

「……いえ」

「子供向けでもないのに主人公が生まれるシーンから始めるなんて、二度とやるな」

主人公誕生シーンを絶対禁止にしなくてもいいと思うが、慶之助は無茶苦茶なことは言っていない。

「もしも先生なら、どこから書き出しますか？」

「プロットは無数に創れる。桃太郎が鬼退治に出たところから始めてもいい。普通ではない生まれ方については、物語が進んでから読者に明かしてもいいだろう」

「鬼ヶ島に向かって行くシーンときたら、次はイヌ・サル・キジとの出会い？」

「まずイヌだな。君は、『腰につけているものは何ですか？』なんて言いながらイヌを登場させているね。何の創意もないし、またこのイヌがちっとも面白くない。勇敢で忠実なだけ」

「いい奴にしたつもりです」

「ただのいいイヌなんだよ。もっとキャラクターに鮮やかな個性を持たせてほしい。私なら、地獄の魔犬ケルベロスみたいな獰猛なイヌにする。飢えたそいつが山中で桃太郎を襲撃するんだ。黍団子を奪うために。ところが桃太郎は強くて、長時間に及ぶ戦いの末、叩き伏せられてしまう。イヌは言う。『あんた、ただの人間じゃねえな』。桃太郎はつれなく答えて、『ただの人間だよ』」

「あ、『桃から生まれたのさ』とか言わないんですね」

「まだ早い。読者が焦れないよう加減しつつ、タメを作ろう。それに、こう言わせておくとクライマックスで明かされる桃太郎の数奇で悲劇的な秘密が際立つ」

「はあ……そうですね」

「イヌの次がサル、最後がキジとの邂逅だな。『七人の侍』で仲間を集めるシーンのように、それぞれに魅力的なエピソードを考えなさい。面倒だけれど甲斐があるぞ。キャラクターの造形も大事だ。サルは知恵者だが狡猾で信用できない感じ、キジは家族を鬼に殺されたなどの恨みを持って暴走の懸念がある、とか。三匹の間に緊張関係を作るのもありだ。キャラクターは個々に特徴的に描くだけではなく、関係性こそが大事だろ。関係性とその変化が大事。いくらでも工夫できるのに、君は何もしていない」

「さらに勉強します。――参考までに、桃から生まれたという生い立ちについてはどこで出すのがよろしいでしょうか?」

「横着だな。師匠にアドリブで創作させるとは。……そうだな。桃太郎が水面に映った自分の顔を見るシーンをどこかに入れようか。イヌ、サル、キジが揃った後にするか。彼の額には、子供の頃にできた傷があるんだ」

「そういう外見的特徴はキャラクター造形にも関わりますね」

「もちろん。古傷を目にして、小さな子供だった時代を思い出す。『桃から生まれた変な奴』と年長の悪童にいじめられ、石をぶつけられた頃を。かばってくれた幼馴染(おさななじ)みや優しい女の子を出す」

「はあ、なるほど」

「成長すると桃太郎は強くなり、悪童たちに仕返しをするんだが、すると今度は先の幼馴染みだか優しい女の子だかが、『乱暴はいけない』と向こうの味方をする。『力を持っていたって、使い方を間違ったら値打ちがない』と言って。それを契機に桃太郎は精神的にも成長し、村の人たちを愛し、愛されるようになっていく」

「だから、みんなのために自分にしかできない鬼退治を決意するわけですか。つながるなぁ」

「この程度の初歩的な作劇で感心するんじゃない。しっかりしてくれよ。君には期待しているんだからな」

「がんばります」

このようなレクチャーは週に一度のペースで行なわれているらしい。ミステリの総論・各論からプロットやキャラクターの創り方まで、内容は幅広そうだ。清雅が便利な無給の使用人ではなく、ちゃんと弟子として扱われているのである。

清雅は覇気があって潑剌(はつらつ)とした男ではなかった。冗談の一つも言わず、暗い目の奥で青い炎が揺らいでいるような感じだ。小説への情熱を感じさせる炎ではあったが。特段の好意は持っていない明夏は、彼の経歴などプライバシーについてはほとんど何も知らない。強引に弟子入りを求めてきた変な人ではある。どれだけの才能があるのか不明。それでも、甲斐甲斐しく師に仕えている努力は人情として報われてほしかった。

三時に萌子がお茶を運んできてくれて、「あっちはまだ終わらないの？　すみませんね」とあらためて謝った。自分としては有意義な時間を過ごしているのだが、夫人が気を使ってくれることに恐縮する。

ほどなくレクチャーは本日のまとめに入り、来週までにやっておくべき課題を慶之助が提示して、おしまいとなった。三時半近くになっていたが、明夏に不満はない。

慶之助の熱弁から活力を感じられたことを喜んだ。このところの彼は「スランプ気味でね」と弱音を吐くことがあったし、精彩を欠く作品を雑誌に載せたりもしていたので、ひそかに案じていたのだ。

お元気そうで結構、と思いたかったが――まだ不安を完全に払拭（ふっしょく）するには至らない。スランプ気味だからこそ弟子を相手に得々と講釈を垂れ、心のバランスを取ろうとしているようにも思える。

今日、明夏がやってくる時間を勘違いしていたというのが嘘だとしたら？　先ほどまでのような状況を作り、清雅に歯切れよくレクチャーをしているのをわざと聞かせようとも考えられなくはない。私はこんなに快調だ、というアピールのために。

相手をしている清雅もグルで、師の教えに感心する弟子を演じていたということも

——と疑いだしたらキリがない。明夏はあれこれ考えるのをやめた。

「待たせてしまったね、西川さん。ごめんごめん」

慶之助が頭を掻きながらやってきた。風呂上がりのようにさっぱりした顔をしている。

ドア越しに御堂さんへのレクチャーを興味深く拝聴していました、と言えば喜びそうだったが、勝手に聞くのは非礼だと気分を害されてはかなわないので黙っておく。

「新作の打ち合わせといこうか。アイディアはまだ浮かんでいないんだが、創作意欲は高まってきている」

「それは何よりです」

明夏はそう返したが、「まだ浮かんでいない」はこれまで何度も聞いたフレーズだ。前進していない。スランプ気味から本物のスランプに陥らないことを祈りたくなった。もしも書けなくなりかけているのなら、清雅の助けを借りてでも立ち直ってもらいたいが、弟子にはまだその力はなさそうだった。

西川明夏の訪問の一週間後。

師の書斎兼書庫では、また昼下がりのレクチャーが行なわれた。

「今日は作品の講評はない。君がふだん疑問に思っていることなど、自由に何でも訊いてくれたまえ。その前に、出していた課題について答えてもらおうか」

肘掛け(ひじか)に両手を置いて、慶之助はゆったりと切り出す。「はい」と応える清雅は、向かいの椅子で背筋をまっすぐ伸ばした。その右手にはボールペン、左手にはキャンパスノート。

「お題を聞いて、君は戸惑ったように見えたんだが」

「これまでにない課題でしたので、いささか」

小説でも映画でも何でもいい。有名な物語に創造的な突っ込みを入れよ、というものだった。目的は批評精神の涵養(かんよう)ではなく、発想力の刺激だ。慶之助自身、名作とされるミステリに納得がいかない点を見つけ、ねちねちと突っ込んでいるうちに上質のアイディアを物したことがある。

「思案しまして、三つ考えました。ただ、どれもあまり創造的には突っ込めていないのですが」

「聞かせてもらおう」

清雅は自信なげに話しだす。

「演劇や漫画まで含めて考えたのですが、思いついたのはすべて童話や昔話の類に関するものです。前回のレクチャーで桃太郎のことで頭がいっぱいになったせいかもしれません」

「フィクションなら何でもいいんだ。作劇について話せる」

「では」

一つ目は『浦島太郎』だった。人間界に帰る太郎に、「決して開けてはいけません」と言いながら、乙姫が玉手箱を渡したのが解せない、と言う。

「好奇心に負けた太郎が箱を開けてしまうのは予想できたのに、どうして乙姫はそんなことをしたんでしょうか？　思慮が足りなかったせいか、自分の元から去る太郎を苦しめたかったのか。考えるべきはそこですが、面白い理由づけができませんでした。すみません」

「うまい理由づけができなかったと頭を下げなくてもいいんだが、そもそも突っ込みがありきたりだな」

慶之助には他にコメントが見つからなかった。期待値は低かったのに、これではそれを下回る。

「乙姫は不親切だ。意地が悪い。そんな感想を持つ小学生は大勢いるだろうね。幼い時は閑却(かんきゃく)したとしても、いずれ合点がいかぬと考えるようになったりもする」

「僕は、課題について考えているうちに気づきました」

作家志望者にしては鈍い、と思わざるを得ない。

「先生なら、乙姫がしたことにどんな意味を見出しますか？」

「またか。すぐに私の見解を聞きたがる。どっちが創作の修練をしているんだか」

「あ、すみません」

慶之助も何も思いつかない。あまり考える気がしないのだ。

「君の突っ込み、というか問い掛けに対して、機知に富んだ答えを返すのは難しい。何故ならば、問い掛けが文学性を帯びているからだ。エンターテインメント小説の領域からら答えがはみ出してしまう」

「乙姫の心理を深く掘り下げた答えになる、ということでしょうか？」

「愛慕の念が憎しみに転じたせいだ、とか。そうならざるを得ないだろう。太郎が竜宮城に招かれた経緯や、別天地で過ごした日々に伏線があるとは思えない。新たに伏線を敷くと原典との間に大きな距離ができかねないのが面白くない」

「判る気がします」

弟子は、大急ぎで何事かをノートに書いていた。

「『浦島太郎』の他には？」

「あ、はい。『裸の王様』です」

日本のお伽噺が続くのかと思ったら、アンデルセン童話に跳んだ。スペインに伝わる話が元ネタである。

「いたって素朴な寓話を持ち出したね。どこがおかしいと思う?」

「ペテン師がお城にやってきて、『これは愚か者には見えない不思議な布地です』と売り込みます。家来や大臣たちは、何もないのに見えているふりをして、王様も『何もないではないか』と言えずに、それで服を仕立てる。この時点ですでに無理があります。見えない布であろうと、手にした感触もなかったら嘘だとバレないのは変です」

慶之助は「ふむ」とだけ応えた。清雅は続ける。

「ましてや、それを服に仕立てたと偽っても、身にまとった感触がなければ王様は『これはおかしい』と気づくでしょう。『見えないだけなら、何故こんなに寒いのだ』とも思うはずです」

いかがですか、という顔になって、弟子は師の反応を窺う。慶之助は失望を顕わにした。

「……突っ込みになっていませんか?」

「あっさり説明がつくよ。家臣らも王様も、見えないだけでそれは存在する、という自己暗示のせいで騙されたんだろう。人間の感覚というのは頼りないものだ。熱くないという暗示に掛かったら、真っ赤に灼けた火箸でも平気で摑めるという」

真偽のほどは知らないが、そんなふうに聞いた覚えがある。

「先生がおっしゃるとおりです。なるほど、暗示ですか。その説明は覆せません」

清雅は肩を落とした。いいところに目を付けたつもりだったのか。

「君は突っ込みを入れた上で、あの話をどう書き変えるつもりだったのかな？」

「思いつきませんでした。ただ突っ込むだけで……」

「揚げ足を取るだけではいけないな。私は辛口評論家を養成するつもりはないし、突っ込むだけでは精神が創作から遠ざかってしまうよ」

弟子は、青菜に塩という風情でしょげる。これぐらいで落ち込まれてはやりにくいのだが。

「気を取り直して、三つ目を聞かせてもらおうか」

「はい。イソップ童話の『ウサギとカメ』です」

さらに素朴な物語を出してきた。どこがおかしいと指摘するのか知らないが、慶之助には突っ込み甲斐があるとは思えない。

「先生はあのお話にどんな感想をお持ちですか？」

「驕ってはいけない。油断大敵。そんな教訓を判りやすく説いているだけで、大した感想はないね。御堂君には何か思うところがあったのかな？」

「僕は子供の頃から思っていました。救いのない話だな、と」

師は微笑した。

「うん、いいね。気になる言い方だ。詳しく聞かずにいられない」

「初めて聞いたのは、幼稚園のお話の時間でした。なるほどね、と軽く納得した子が大半だったでしょう。僕はちょっと嫌な気持ちになりました。カメが勝てたのはウサギが相手をなめて競走の最中に昼寝をしたおかげで、本来だったら当然のように負けています。また同じ勝負をしたら、きっとウサギは昼寝をしてくれません」

「油断大敵の教訓を得たのはウサギの方だからね」

「カメは負けます。何度やっても、もう勝てっこありません。たまたま相手が油断をしてくれたから一度は勝てただけ。結局、持って生まれた力の差はどうしようもないのだ、ということになる。幼稚園児の時は使えなかった表現をするならば、現実は身も蓋もない、というところです」

「幼稚園児にしてはシニカルだ。そんな子供だったんだね」

もっと才気煥発な者が言ったのなら、さすがに非凡な反応だ、と感心されるかもしれない。

「で、あの話のどこに突っ込むのかな？」

「カメが変です」

それだけで充分だと思ってのことか、清雅は言葉を切った。師匠を試したいつもりもないのだろうが、ならば、と慶之助は滑らかに後を続ける。

「『お前は、どうしてそんなに歩みがのろいの？』とウサギに挑発されたからといって、

『何をおっしゃる。だったら向こうの山の麓（ふもと）まで駈け比べをしてみよう』とカメが勝負を挑むのはおかしい。負けるに決まっているのに、ということだね？」

「まさに、おっしゃるとおりです」

我が意を得たり、とばかりに清雅は顔を綻（ほころ）ばせた。これまでの二例よりは面白くなりそうではある。

「カメが無謀な提案をしたのには何か理由がある。君はそう考えるのかな？　創造性を発揮してもらおう」

「理由を考えました。なければおかしいからです。――カメには勝算があったのだと思います」

「いいね。ぜひ聞きたい。どうやってウサギに勝つつもりだったんだろう？」

慶之助が食いついてやったので、清雅の目が輝きだす。

「レースの最中に相手が昼寝をすれば鈍足のカメでも勝てます」

「ウサギが昼寝をしてくれたのは、たまたまだ。勝負を挑んだ時点ではそれを予想できないが」

「ですから、ウサギが昼寝をしたのはたまたまではなく必然だったんです。レース前もしくはレース中に、カメが睡眠薬を服（の）ませたのでしょう」

慶之助の頭脳が高速で回転を始めた。弟子が言わんとしていることを予測し、先回りをするために。『どっちが速いか勝負しよう』『やろう。スタートだ』となったのではなく、レースの開始までいくらか間があったわけだね？　さもないと、カメは睡眠薬を用意できない」

「そうです。すぐに走りださないのはまずいですか？」

「いいや、かまわない。物語として自然な展開だ」

清雅は、ほっとしている。

「では、レースは翌日だったということで。睡眠薬を盛るタイミングは色々と考えられます。走る前に飲み物に入れて渡すと怪しまれそうだったら、コースの途中に設けた給水ポイントの水に仕込んでおくこともできそうです」

「できないとは思わないね。リアリティはある。それで？」

「カメの目論見どおり、ウサギはレース中に睡魔に襲われて眠ってしまった。薬を盛られたことには気づかなかった。――これだとカメが勝ち目のない勝負を持ち掛けた無理が解消され、きれいに辻褄が合うのではないでしょうか？」

慶之助は腕を組み、小さく唸ってみせた。どういう評価を下されるのか判らず、清雅は不安げな表情になる。

「それもまた救いのない話ではないかな？」

「ずるいことをしないと勝てなかった、という話ですから、カメが誇らしくはなりません。でも、無礼なウサギにひと泡吹かせたのですから、読者はカタルシスを感じてくれるのではないでしょうか」

われ知らず声が出た。

「甘いよ」

「……どこが、ですか？」

ここは師匠然として、噛んで含めるように言うしかない。

「カメが睡眠薬を投じる場面は、どこで描くんだ？　レース前にそんな場面を出すのはまずい。だろ？」

「後の展開が全部見えてしまいますから……つまらないですね」

「ああなって、こうなって、カメが勝っておしまい。判りきった展開があるだけで退屈だな。投薬の場面を出したらお楽しみはなくなってしまう。となると、レースが終わってから実はこうでした、と明かすしかないんだが、それでは完全な作者の後出しだ。ブーイングが待っているだろうな」

「だとしたら……投薬の場面はどこで出すのが正解なんですか？」

「どこで出しても面白くはならない」

清雅は、また悄然（しょうぜん）となってしまう。いくらか自信があったのだろう。慶之助は穏やかに語りかけた。

「ウサギとカメは、紀元前から伝わっている古い話だ。世界中でどれだけの人間が親しんできたことか。君と同じ疑問を抱いた人も、少なからずいただろう。それでも消えてしまわなかったのは、嫌なことを言ってきた奴が恥ずかしい負け方をするのが愉快だし、子供たちにも理解しやすい形で教訓が嵌め込まれているからだろう。君が指摘したとおり、確かに無理はあるんだよ。だが、マイナスを帳消しにするだけのプラスがあるわけで、それができたら物語は成功なんだよ」

「……はい。大事なことですね。忘れないようにします」

話がまとまったが、これで終わりではない。慶之助にはまだウサギとカメについて語りたいことがあった。師匠面を楽しむのはここからである。

「御堂君。『ウサギとカメ』を俎上に載せるまではよかったんだ」

「はあ」

「やはり君の嗅覚は鋭い。あらためて認識したよ」

急にフォローされて、弟子は戸惑っている。どう鋭いのかは見当がついていないようではあるが。

「カメが駈け比べを挑んだのは無謀で、不合理である。そう指摘したね。惜しい。着眼点はよいが、問題の立て方が適切ではなかった」

「どういうことでしょうか？　呑み込みが悪くて、すみません」

「今回の課題は、有名作品に突っ込みを入れることだった。そもそも設定がおかしいのではないか、とか。そもそもストーリー展開や作中人物の言動に矛盾があるのではないか、とか。それをうまく摘出し、改善する方法を編み出せたら、自分のオリジナル作品にすることだってできる」

「はい。先生がお出しになった課題の趣旨はよく理解しているつもりです」

「うむ。君はね、カメだけでなく、ウサギの発言のおかしさにも目を向けるべきだったのだよ。そもそもおかしいのは、ウサギの方だ」

ピンとこないようだ。清雅は頭に霞（かすみ）が掛かったような顔になっている。

「童謡の歌い出しにもあるように、ことの始まりはウサギの挑発だ。どうしてお前はそんなに足が遅いんだ、という暴言。どう思う？」

「ウサギは嫌な奴です」

「そうかな？」

「まさか、実はいい奴だなんてことは――」

「いい奴と思わせる要素はない。嫌な奴には違いがないんだが、カメを挑発する必然性がないだろう。意味もなく周囲の者に不愉快な思いをさせる質（たち）の悪い奴だったとしても、この物言いはおかしい。ちょっとはそれらしい理由をつけて嫌がらせをしそうなものだ」

「はあ」

「だいたいカメが鈍足なのは周知の事実で、当のカメが一番よく知っている」

「自分で変えようのない属性ですね。でも、嫌な奴はそういう点こそからかいの材料にするものでは？　ウサギは典型的な差別主義者だと思われます」

「えらい言葉が飛び出したものだ。しかしだよ、そんな大きなテーマをこの話が持っているとは思えないだろう。持っていたなら、もっとあからさまにウサギの差別主義者ぶりを描いたはずだ。紀元前の物語がテーマにしたとも考えにくい。深読みのしすぎだ」

「はあ」

「昔話や童話の世界では動物たちが人語を話すんだから、動物学に則（のっと）ってはいない。それぞれの動物が持つイメージを様々なタイプの人間に重ねて語られるだけで、中身は人間そのもの。登場人物が動物のコスプレをしているみたいなものだ」

「言われてみれば、そんな感じです」

「だろ？　お前はどうして足が遅いんだ、なんて嫌味にもなっていないよ。お互いに異生物なんだから。たとえば、腕が六本ある宇宙人が現われて、『お前はどうして腕が二本しかないんだ？』と君に言ってきたら、怒る気にもならないだろう。心が傷つきもしない。『どうしてお前の腕は六本もあってそんなに細いんだ？』とか言い返したりできそうだし」

「確かに。甲羅に守られたカメは、『どうしてお前はそんなに衝撃に弱いんだ？』とか色々言い返せそうです。言い返さず、何故かかけっこの勝負を挑みましたけれど」

「その挑戦をウサギが受けるのも変ではないかな？　カメに駆け比べで勝ったところで自慢にもならない。時間と労力の無駄だ」

「確かに」

「ウサギもカメも妙なんだ。しかし、そもそもおかしな状況になったのはウサギが絡んだからで、ここに突っ込みを入れてもらいたかった」

「うまい説明を思いつきません」

「カメが駆け比べを提案した理由は判っているね？」

「いや、それも……」

「さっき君が言ったじゃないか。ウサギを睡眠薬で眠らせてやろうと企んだんだろう」

自説が採用されることに驚いている。

「あれでよかったんですか？」

「合理的な説明だと思うよ」

「でも、睡眠薬を投じる場面はどこで描いても面白くない、と先生はおっしゃいました」

「言ったね。だけど、突破口が開けなくはない。——ウサギが挑発してみると、カメがそれに乗ってきた。ウサギがただ不真面目で間抜けな奴ではなく、逆にすばらしい洞察力を持った知恵者だとしたら、どうなる？」

清雅に考える時間を与えた。やがて彼は、慶之助が望んだ答えを見つける。

「もしかして……カメが睡眠薬を自分に盛ろうとするのを、ウサギは予想していたんですか？」

「そう。カメの性格を熟知しているウサギは強引に挑発し、それに対する相手のリアクションをよく観察して、駈け比べの勝負なんて言い出したのは睡眠薬を盛るつもりだから、と見抜いたんだ。そうなるように巧みに誘導したわけだ」

にわかにウサギのイメージが一変して、清雅は頭が混乱しかけているようだ。

「まるでカメはウサギの操り人形ですね。ですが、自分に睡眠薬を服ませるように仕向けただなんて、何が目的でウサギはそんなことを？」

「正解を発表する前に一つ言っておこう。こういうストーリーにすれば、カメが薬を投じる場面を書いても面白さは消えない。『カメはそういう魂胆だったのか。さて、それでうまくいくのかな？』と読者の興味は持続する。カメの無謀な提案を不自然だと思う者も出てこない」

そもそもウサギの挑発が不自然なのだが、それは元々気づかれにくい。ましてやカメが小細工をする場面が入ると、読者の注意はその計略の成否に注がれる。

「すると、どういう理由からか判りませんけれど、ウサギは睡眠薬を盛られていることを知りながらそれを服むんですね？」

「いいや」

「えっ？」

「服まない」

「……はあ」

「服んだら君の創ったプロットと同じで、後に何の展開もないじゃないか」

弟子は頭を抱えてしまった。慶之助は愉快でならない。

「ああ、じゃあウサギは何のためにカメを操ったんですか？」

「落ち着きなさい。これだけでは君がいくら考えても判らないよ。ウサギが昼寝をしてしまったためにカメが勝ちました、という結末の後ろに少しばかり付け足す必要がある」

「どんなことを足すんですか？」

「ちょうど両名が駈け比べをしていた時間に、レースのコースからはずれたところで事件が起きていた、という事実が明らかになるんだ。何らかの犯罪。殺人事件だったら最も刺激的だね。動物たちの世界だから、殺されたのはキツネでもタヌキでもかまわない。

いやいや、殺人は物騒でお子様たちには向かないから、倉庫のおやつが盗まれたぐらいが穏当か」

清雅の声は、一段と甲高くなる。

「先生、ちょっと待ってください。殺人事件だなんてあまりにも唐突です。ウサギとカメのレースにどうつながるんですか？」

「判らないか？ その事件の犯人はウサギなんだよ。奴はレースが始まるや猛ダッシュして一気にカメを引き離す。そして、素早くキツネ殺しだかおやつ泥棒だかの犯行を済ませた後はコースの中ほどへと走って——何をしたか、さすがに判るね？ そこでぐーぐー寝ているふりをしたんだ」

「……ふり。ウサギは眠っていなかったわけですか」

「眠るもんか。睡眠薬を服んでいないんだからね。やがてその傍らをカメがのろのろと通過していく。計略どおり首尾よくいったな、とほくそ笑みながら」

ようやく清雅にも物語の全容が理解できたらしく、「はあぁ」と長い溜め息をついた。

「そういうことですか。ウサギに容疑が掛かったとしても、カメが『ウサギはレース中に眠ってしまい、目が覚めてから大急ぎで私を追ってきました』と証言してくれるから、アリバイができる」

「うむ。しかもウサギとカメはあまり仲がよくなかったようだから、証言の信憑性は高い。カメには偽証する理由がない」

「あ、でも……」

「でも何だね？」

「ミステリではあるじゃないですか。『Aさんなら、ずっとここにいましたよ。私が見ていました』とAさんのアリバイを証言することで、実は自分のアリバイをアピールする、というケース。僕が刑事だったら、カメを全面的に信じないかもしれません」

「信じてやりたまえ。カメは自分のアリバイについて偽証する必要がない」

「どうしてですか？」

「向こうの山の麓までのレースが始まってからゴールインするまで、カメは懸命に走り続けたんだろ。途中でコースから逸れて悪さをし、またコースに戻ってくるなんて時間の余裕はなかった。作中ではっきり描かれてはいないけれど、スタート地点とゴール地点には、勝敗を見届けるための立会人的な者がいたと思われる。つまり、カメには明白なアリバイがある」

今後こそ納得したようで、清雅がすっきりとした顔になったので、慶之助は満足した。

「僕が『ウサギとカメ』を持ち出し、見当違いの突っ込みをするのを聞いて、先生はたちまちそのような物語を即興でお創りになったんですね。感服いたしました。ウサギやカメの態度の不合理さがすべてなくなり、思いも寄らないミステリが物語の深海から引き揚げられました。ただ驚いています」

「座興みたいなものだよ。しかし、ただの遊びではなく、少しは創作のヒントにしてもらえるだろう」

「はい。今のお話を糧として、今後の創作に役立てます」

よくしゃべったので喉が渇いてしまった。慶之助は机上のペットボトルからグラスに緑茶を注いで呷る。

アドリブがうまくいった。われながら名調子で語ったから、名探偵による謎解きシーンのごとき迫力もあっただろう。

一週間前は、廊下を隔てた応接室に西川明夏がいた。清雅へのレクチャーはすべて聞こえていたに違いない。どうせなら今日の『新・ウサギとカメ』も聞いてもらいたかった。さすればこのベテラン作家がスランプから脱しつつあるのが判ってもらえたはずだ。少なくとも創作脳はまだ錆びついていない。

壁の時計に目をやったら三時が近い。

「ウサギとカメの話で残り時間がなくなってしまったね。色々と質問を受けるつもりだったのに」

「質問はまたの機会でかまいません。次回のレクチャーまでにしておくべき課題をお願いします」

まっすぐこちらを見据える弟子。その素直さを慶之助は愛しく思う。小遣いを渡す以外は無給なのに不平もこぼさず働き、家事その他が大いに助かっていることだし、何とか彼の希望をかなえてやりたいものだが、本人の実力が上がらなくては出版社への口添えもままならない。

それはそうと、次回の課題をどうするか考えていなかった。今、ふと思いついたことがある。

「課題の一環として、どうだろう、私の取材を手伝ってみるのは？」

彼の書くものは、土台が脆弱なきらいがあった。ここらで実践的な取材の方法を覚えてもらうのもよさそうに思う。

「やらせてください。どこへでも飛んで行って、何でも調べてきます」

弟子は力強く言った。

夜になっても雨がやまない。

予報では明日の朝まで降り続くらしい。

清雅は傘を畳んで水を切ると、玄関のドアを開けて体を中に滑り込ませた。静まり返った廊下に、リビングから微かにテレビの声が聞こえてくる。スポーツニュースだ。

スリッパを履き、廊下を進んだ。大仕事を前にして、自分が落ち着いていることが頼もしい。

「どうしたんだ、御堂君。びっくりするじゃないか」

人の気配にリビングから出てきた慶之助は、眼鏡の奥の目を丸くしている。妻も弟子も遠くに出掛けた今夜は、カウチに寝そべりながらテレビを観るなどして、のんびりする気でいたのだろう。夜がもっと更けてから仕事に励むつもりだったのかもしれないが。

「向こうでトラブルでもあったのか？　だったらいきなり帰ってきたりせず、事前に連絡をするものだぞ」

「申し訳ありません。これにはわけがあるんです。座ってもよろしいですか？」

困ったような顔を作って言いながら、リビングに入る。慶之助はリモコンを取り、テレビを消した。カウチの前のテーブルにはグラスが出ている。夜中に独りで寛ぐ際、ブランデーをロックで飲むのがこの作家は好きだった。

「そっちに掛けたまえ」

慶之助が一人掛けのソファを勧めた時、床で白いものが跳ね、弾みながら転がった。作家は屈んでそれを拾い上げる。白いピンポン玉だ。

「今、君が落としたのか？」

清雅は「はい」と答えた。

「なんでこんなものを持ち歩いているんだ？」

「僕が突然に帰ってきたこととも関係しています。何がどうなっているのか、発端からご説明します。——その前に、冷たいものを呑んでもよろしいですか？　何か冷蔵庫からいただいて」

「好きにしなさい」

清雅が缶コーラを手にしてリビングに戻ると、慶之助はブランデーのグラスを傾けていた。怒っているふうではなく、どういう事態が出来したのか早く聞きたそうだ。

「うちの近くで車が停まる音がした。あれは君だね？」

「はい。ある駅から自分で運転してきました」

「ある駅とはどこだ？　レンタカーでも借りたのか？」

「順にご説明を」

コーラをごくごく飲む。

「こういうことが原因で帰ってきました、と短く言えるだろう。君、ちゃんと関西に行ったのか？　予定では今日は奈良に泊まることになっていたじゃないか」

「昨日は京都で取材を済ませ、今日の午後に奈良に移動しました。先生が希望なさった近鉄・京都駅構内の昼下がりの風景もちゃんと撮影しています」

清雅はスマートフォンを出して、その画像を見せた。慶之助はちらりと覗いて頷く。

「ああ、行ってきたらしいな。奈良まで移動したと言いながら、どうして今ここにいるんだ？」

「ちゃんとチェックインしました。このとおり」

ホテルの名前が判るフロント前で自撮りした写真を見せられて、慶之助は顔をしかめる。

「そんなものを見せなくていいから、説明だ。手短に話せ」

語調を荒げたところで思い直し、「もう一度見せなさい」と命じる。清雅がスマホの画面を突きつけると、今度は食い入るように見る。

「フロントの壁の時計が八時になっている。これが今日チェックインした時の写真だって？」

「はい」

「馬鹿なことを言うな。八時に奈良郊外のホテルにいた人間が、どうして十時半に逗子まで帰ってこられるんだ。奈良にも逗子にも新幹線は走っていないぞ」

「トリックです」

慶之助は、相手の正気を疑うような目になる。何も言わせず清雅は続けた。

「これだけで終わりではありません。僕はもう一度トリックを使い、午前二時頃にはホテルの部屋に戻ります。そして、フロントに電話で腹痛を訴えて胃薬を所望するんです」

「何のために？」

「言うまでもありません。今夜、僕があのホテルに宿泊したというアリバイを作るためですよ」

「アリバイトリックの実地検証など頼んでいないぞ。私が君に頼んだのは、京都と奈良での取材だ」

「先生の指示に背いていますね。ここで宣言させてください。今夜、僕は僕がしたいようにします」

「何がしたいと言うんだ？」

清雅は答えず、コーラをひと口飲んでから質問を返す。

「奥様から電話はありましたか？」

北海道の実家に里帰りした時、萌子はたいてい十時までに一度電話をしてくる。何か困っていることはないか、留守番の子供を気遣うような電話を。

「十時過ぎにあった。そ……それが……どうした？」

慶之助に肉体的な異変が生じた。呂律が怪しくなり、両手の指先が顫えだしている。

すべてが計画どおりに進んでいることに清雅は満足する。

「古い手を使いました。ピンポン玉が転がるのに先生が気を取られた隙に、グラスに薬を投じたんです。死に至る毒物ではありませんが、ちょっと筋肉が痺れるなどして、催眠作用があります。先生と会話できるのは、せいぜいあと五分でしょう」

薬が効きかけているので、ここから説明を急ぐ。

「僕が頼み込んで内弟子にしてもらったのは、刑部慶之助という作家のことをよく知った上で、お伝えしたいことがあったからです。長い一年でしたが、先生のレクチャーは面白いこともありましたよ。うっかり楽しんでしまいました」

慶之助の口がもごもごと動く。

「『私に何を伝えようというのだ？』。そうお尋ねになっているんですね。もう腕が持ち上がらないみたいだから、抵抗するのも逃げるのも無理だな。単刀直入に言いましょう。あの人に成り代わってあなたを処罰します」

身に覚えがないらしいので、教えてやらなくてはならない。

ミステリ作家になることを夢見て学生時代から新人賞に投稿を繰り返しながら、落選の苦汁をなめてきたある女性のことを。自分の作風はコンテストでは認められにくいのではないか、と考えた彼女は、勇を鼓して慶之助の元に原稿を持ち込む。あるインタビューでデビューするまでの紆余曲折を語っていたのに共感し、苦戦している自分に救いの手を差し伸べてくれるのではないか、と甘い期待をしてしまったのだ。

「いくらでも長く語れるけれど、時間がないから早送りで言いますよ。あなたに酷評された彼女は、ショックのあまり心身の健康を損ねてしまいました。何を言われたのかは聞いていませんが、結果はそういうことです。のみならず、あなたは彼女の作品の一部を剽窃しましたね。証拠は残っていないけれど、僕は事実を知っている。その女性は高校の文芸部の先輩で、ずっと僕の憧れの人でした」

動機が弱くありきたりだ、そのようなことを匂わせる場面はなかった、などと言いたげだが、勘違いも甚だしい。オリジナリティの高い動機を用意する義理はないし、ましてやそれをターゲットに仄めかすはずもない。

「同じ屋根の下で暮らしてみて、あなたの下衆ぶりはよく判りました。情けをかけて赦してやろうか、と思う瞬間すらなく、むしろあなたが死んだら奥様が解放されてほっとするだろう、と考えるようになりました。奥様が愛しているのはあなたではなく、この快適で美しい家ですよ。ご自慢らしい」

まだ言い足りない。

「あなた程度ならミステリ作家としてもいくらでも代わりがいて、困る人はいそうにない。二ヵ月に一度は東京から足を運んでくれた担当編集者の西川さんだって、嘆き悲しみはしないでしょう。ここのところの刑部慶之助、はっきり落ち目だったし」

慶之助は立とうとしたが、がくがくと膝が顫えて尻が上がらない。瞼も重くなってきているようだ。

「眠りが訪れた後、どうなるのか心配でしょう。詳しくは言いませんが、あなたは自殺したとしか思えない状態で発見されます。スランプに悩んだ挙句の行為とみなされるでしょう。遺書だって用意してあります」

慶之助が色紙に添える言葉を思案し、コピー用紙に試し書きしていたものを取っておいた。結局は没にした〈死はわが友　死の中にわが人生あり〉というフレーズ。珍妙だが、そんなものがミステリ作家らしいと思ったのだろう。刑部慶之助というサインは素直な草書体なので、遺書として違和感はない。

「万一、他殺を疑われるようなことがあっても、奥様にも僕にも完全なアリバイがあります。計画に遺漏はありません。駅からここまで乗ってきた車にしても、ナンバーを誰かに記憶されていたってかまわない。僕とのつながりは警察にも洗い出せません」

どうやってアリバイを偽装するのか、作家は知りたがっているに違いない。教える必要はないが、さらりと説明した。冥土の土産というやつだ。

「顔を顰めてご不満そうですね。何ですって？」

耳の横に手をかざして訊き返す。かろうじて意味のある言葉が聴き取れた。

「……前例が、ある」

この期に及んで前例に拘っている。清雅は憐れに思った。

「はい、既成のトリックの組み合わせです。先生、いいですか？　そもそもの話をします。そもそも犯人がトリックの前例を気にする必要はないんですよ。まったくない」

慶之助の両の瞼が落ちる。もう意識は混濁しているだろう。

弟子だった男は、かまわず続けた。

「絶好のタイミングだったので今夜を選びましたが、これまでにも決行できそうな日がなくはなかった。ずるずると延期してきたのは、怖気(おじけ)づいてためらったからではありません。僕は、下手なりに小説を書いてご覧いただいていましたよね。文芸部で創作に凝った頃の名残で、いくらか楽しんだことを告白します。そして、あなたのレクチャーが時には興味深かったことも」

慶之助はがっくりと首を垂れているが、死の間際において人間の感覚で最後まで残るのは聴覚だという。清雅の声が眠りゆく脳の一角に届いているかもしれない。

「もしもーし、聞こえていますか?」

返事はなかったが、独白になってもかまいはしない。

「一番好きだったのは『ウサギとカメ』をミステリに仕立て直した回かな。あなたがスランプなのはそばで見ていて明らかでしたが、あの即興創作をした時は頭脳がよく回転したみたいですね。燃え尽きる前の蠟燭(ろうそく)の輝き——にしては弱々しいとしても」

彼が言葉を切ると、雨の音だけがしめやかに聞こえる。夜の歌声のように。

「これまでレクチャーをありがとうございました、とお礼を述べておくべきなんでしょうね。でも、楽しませてもらっただけでもない。先生の話をもうしばらく聞きたい、と僕が思ったから、あなたは寿命が延びたんですよ。『千夜一夜物語』のシェヘラザードと同じ。物語を紡ぐことで自分の死を先送りにできたというのは作家冥利(みょうり)ではありませんか？　――おっと、そろそろ」

腕時計を見てから、清雅は行動に移る。

夜はまだ長いとはいえ、なすべきことは多かった。

本書は文春文庫オリジナルです。

〈初出〉
ヤツデの一家　「オール讀物」二〇二三年七月号
大代行時代　「別冊文藝春秋」二〇二三年十一月号
妻貝朋希を誰も知らない　「別冊文藝春秋」二〇二三年十一月号
供米　「オール讀物」二〇二二年三・四月合併号
ハングマン　―雛鵜―　「オール讀物」二〇二三年七月号
ミステリ作家とその弟子　「オール讀物」二〇二三年七月号

DTP制作　エヴリ・シンク

文春文庫

禁断の罠

定価はカバーに表示してあります

2023年12月10日　第1刷

著　者　米澤穂信　新川帆立　結城真一郎
斜線堂有紀　中山七里　有栖川有栖

発行者　大沼貴之

発行所　株式会社　文藝春秋

東京都千代田区紀尾井町3-23　〒102-8008
TEL　03・3265・1211㈹
文藝春秋ホームページ　http://www.bunshun.co.jp

落丁、乱丁本は、お手数ですが小社製作部宛お送り下さい。送料小社負担でお取替致します。

印刷製本・TOPPAN

Printed in Japan
ISBN978-4-16-792143-9

（　）内は解説者。品切の節はご容赦下さい。

赤川次郎
赤川次郎クラシックス
幽霊列車
山間の温泉町へ向う列車から八人の乗客が蒸発。中年警部・宇野は推理マニアの女子大生・永井夕子と謎を追う──。オール讀物推理小説新人賞受賞作を含む記念碑的作品集。（山前　譲）
あ-1-39

赤川次郎
マリオネットの罠
私はガラスの人形と呼ばれていた──。森の館に幽閉された美少女、都会の空白に起こる連続殺人。複雑に絡み合った人間の欲望を鮮やかに描いた、赤川次郎の処女長篇。（権田萬治）
あ-1-27

有栖川有栖
火村英生に捧げる犯罪
臨床犯罪学者・火村英生のもとに送られてきた犯罪予告めいたファックス。術策の小さな綻びから犯罪が露呈する表題作他、哀切でエレガントな珠玉の作品が並ぶ人気シリーズ。（柄刀　一）
あ-59-1

有栖川有栖
菩提樹荘の殺人
少年犯罪、お笑い芸人の野望、学生時代の火村英生の名推理、アンチエイジングのカリスマの怪事件とアリスの悲恋。「若さ」をモチーフにした人気シリーズ作品集。（円堂都司昭）
あ-59-2

阿部智里
発現
「おかしなものが見える」心の病に苦しむ兄を気遣う大学生のさつき。しかし自分の眼にも、少女と彼岸花が映り始め──「八咫烏シリーズ」著者が放つ戦慄の物語。（対談・中島京子）
あ-65-8

青柳碧人
国語、数学、理科、誘拐
進学塾で起きた小6少女の誘拐事件。身代金5000円、すべて1円玉で?!　5人の講師と生徒たちが事件に挑む。「読むと勉強が好きになる」心優しい塾ミステリ！（太田あや）
あ-67-2

天祢　涼
希望が死んだ夜に
14歳の少女が同級生殺害容疑で緊急逮捕された。少女は犯行を認めたが動機を全く語らない。彼女は何を隠しているのか？　捜査を進めると意外な真実が明らかになり……。（細谷正充）
あ-78-1

（　）内は解説者。品切の節はご容赦下さい。

偽りの捜査線 警察小説アンソロジー
誉田哲也・大門剛明・堂場瞬一・鳴神響一・長岡弘樹・沢村 鐵・今野 敏

刑事、公安、交番、警察犬……。あの人気シリーズのスピンオフや、文庫オリジナル最新作まで。警察小説界をリードする7人の作家が集結。文庫オリジナルで贈る、豪華すぎる一冊。

と-24-70

最後の相棒 歌舞伎町麻薬捜査
永瀬隼介

伝説のカリスマ捜査官・桜井に導かれ、新米刑事・高木は新宿歌舞伎町を舞台にした命がけの麻薬捜査にのめり込んでいく。予想外の展開で読者を翻弄する異形の警察小説。（村上貴史）

な-48-6

静おばあちゃんにおまかせ
中山七里

警視庁の新米刑事・葛城は女子大生・円に難事件解決のヒントをもらう。円のブレーンは元裁判官の静おばあちゃん。イッキ読み必至の暮らし系社会派ミステリー。（佳多山大地）

な-71-1

静おばあちゃんと要介護探偵
中山七里

静の女学校時代の同級生が密室で死亡。事故か、自殺か、他殺か？　元判事で現役捜査陣の信頼も篤い静と、経済界のドン・玄太郎の〝迷〟コンビが五つの難事件に挑む！（瀧井朝世）

な-71-4

119
長岡弘樹

消防司令の今垣は川べりを歩くある女性と出会って……（「石を拾う女」）。他人を救うことはできるのか――短篇の名手が贈る、和佐見市消防署消防官たちの9つの物語。（西上心太）

な-84-1

鎌倉署・小笠原亜澄の事件簿 稲村ヶ崎の落日
鳴神響一

鎌倉山にある豪邸で文豪の死体が発見された。捜査一課の吉川は、鎌倉署の小笠原亜澄とコンビを組まされ捜査にあたるが……。謎の死と消えた原稿、凸凹コンビは無事に解決できるのか？

な-86-1

山が見ていた
新田次郎

夫を山へ行かせたくない妻が登山靴を隠す。その恐ろしい結末とは。少年をひき逃げした男が山へ向かうと。切れ味鋭く人間の業を抉る初期傑作ミステリー短篇集。新装版。（武蔵野次郎）

に-1-46

（　）内は解説者。品切の節はご容赦下さい。

横山秀夫
64（ロクヨン）（上下）
昭和64年に起きたD県警史上最悪の未解決事件をめぐり刑事部と警務部が全面戦争に突入。その狭間に落ちた広報官三上は己の真を問われる。ミステリー界を席巻した究極の警察小説。
よ-18-4

米澤穂信
インシテミル
超高額の時給につられ集まった十二人を待っていたのは、より多くの報酬をめぐって互いに殺し合い、犯人を推理する生き残りゲームだった。俊英が放つ新感覚ミステリー。（香山二三郎）
よ-29-1

米澤穂信
Iの悲劇
無人になって6年が過ぎた山間の集落を再生させる、市長肝いりのプロジェクトが始動した。しかし、住民たちは次々とトラブルに見舞われ、一人また一人と去って行き……。（篠田節子）
よ-29-3

吉永南央
萩を揺らす雨　紅雲町珈琲屋こよみ
観音さまが見下ろす街で、小さなコーヒー豆の店を営む気丈なおばあさんのお草さんが、店の常連たちとの会話がきっかけで、街で起きた事件の解決に奔走する連作短編集。（大矢博子）
よ-31-1

吉永南央
その日まで　紅雲町珈琲屋こよみ
北関東の紅雲町でコーヒーと和食器の店を営むお草さん。近隣で噂になっている詐欺まがいの不動産取引について調べ始めると、因縁の男の影が……。人気シリーズ第二弾。（瀧井朝世）
よ-31-3

連城三紀彦
わずか一しずくの血
群馬の山中から白骨化した左脚が発見された。これが恐るべき連続猟奇殺人事件の始まりだった。全国各地で見つかる女性の体の一部に事態はますます混沌としていく……。（関口苑生）
れ-1-19

（　）内は解説者。品切の節はご容赦下さい。

知念実希人
十字架のカルテ
精神鑑定の第一人者・影山司に導かれ、事件の容疑者たちの心の闇に迫る新人医師の弓削凜。彼女にはどうしても精神鑑定医になりたい事情があった——。医療ミステリーの新境地！
ち-11-3

辻村深月
太陽の坐る場所
高校卒業から十年。有名女優になった元同級生キョウコを同窓会に呼ぼうと画策する男女六人。だが彼女に近づく程に思春期の痛みと挫折が甦り……。注目の著者の傑作長編。（宮下奈都）
つ-18-1

辻村深月
水底フェスタ
彼女は復讐のために村に帰って来た——過疎の村に帰郷した女優・由貴美。彼女との恋に溺れた少年は彼女の企みに引きずり込まれる。待ち受ける破滅を予感しながら…。（千街晶之）
つ-18-2

辻村深月・乾くるみ・米澤穂信
芦沢央・大山誠一郎・有栖川有栖
神様の罠
ミステリー界をリードする六人の作家による、珠玉の「罠」。最愛のひととの別れ、過去がふいに招く破綻、思いがけず露呈するほころび、知的遊戯の結実、コロナ禍でくるった日常……。
つ-18-50

月村了衛
ガンルージュ
韓国特殊部隊に息子を拉致された元公安のシングルマザー・律子。息子を奪還すべく、律子は元ロックシンガーの女性体育教師・美晴とともに、決死の追撃を開始する。（大矢博子）
つ-22-2

堂場瞬一
アナザーフェイス
家庭の事情で、捜査一課から閑職へ移り二年が経過した大友だが、誘拐事件が発生。元上司の福原は強引に捜査本部に彼を投入する……。最も刑事らしくない男の活躍を描く警察小説。
と-24-1

堂場瞬一
ラストライン
定年まで十年の岩倉剛は捜査一課から異動した南大田署で独居老人の殺人事件に遭遇。さらに新聞記者の自殺も発覚し——。行く先々で事件を呼ぶベテラン刑事の新たな警察小説が始動！
と-24-14

（　）内は解説者。品切の節はご容赦下さい。

人質カノン
宮部みゆき

深夜のコンビニにピストル強盗！　そのとき、犯人が落とした意外な物とは？　街の片隅の小さな大事件と都会人の孤独な肖像を描いたよりすぐりの都市ミステリー七篇。（西上心太）

み-17-4

ペテロの葬列（上下）
宮部みゆき

「皆さん、お静かに」。拳銃を持った老人が企てたバスジャック。呆気なく解決したと思われたその事件は、巨大な闇への入り口にすぎなかった――。杉村シリーズ第三作。（杉江松恋）

み-17-10

ソロモンの犬
道尾秀介

飼い犬が引き起こした少年の事故死に疑問を感じた秋内は動物生態学に詳しい間宮助教授に相談する。そして予想不可能の結末が！　道尾ファン必読の傑作青春ミステリー。（瀧井朝世）

み-38-1

いけない
道尾秀介

各章の最終ページに挿入された一枚の写真。その意味が解った瞬間、読んでいた物語は一変する――。騙されては〝いけない〟、けれど、絶対に騙される。二度読み必至の驚愕ミステリ。

み-38-5

花の鎖
湊　かなえ

元英語講師の梨花、結婚後に子供ができずに悩む美雪、絵画講師の紗月。彼女たちの人生に影を落とす謎の男K……。三人の女性たちを結ぶものとは？　感動の傑作ミステリ。（加藤　泉）

み-44-1

望郷
湊　かなえ

島に生まれ育った私たちが抱える故郷への愛、憎しみ、そして憧憬……屈折した心が生む六つの事件。日本推理作家協会賞・短編部門を受賞した「海の星」ほか全六編を収める短編集。（光原百合）

み-44-2

きみの正義は　社労士のヒナコ
水生大海

学習塾と工務店それぞれから持ち込まれた二つの相談事。無関係に見えた問題がやがて繋がり……（表題作）。社労士二年目のヒナコが、労務問題に取り組むシリーズ第二弾！（内田俊明）

み-51-4

（　）内は解説者。品切の節はご容赦下さい。

水生大海
希望のカケラ
社労士のヒナコ
ワンマン社長からヒナコに、男性社員の育休申請の相談が。転職サイトにも会社を批判する書き込みがあったことがわかり……。労務問題×ミステリー、シリーズ第三弾！　（藤田香織）
み-51-5

水生大海
熱望
31歳、独身、派遣OLの春菜は、男に騙され、仕事も切られ、騙す側になろうと決めた。順調に男から金を毟り取っていたが、一転、逃亡生活に。春菜に安住の地はあるか？　（瀧井朝世）
み-51-3

三津田信三
黒面の狐
敗戦に志を折られた青年・物理波矢多が炭鉱で起きる連続怪死事件に挑む！　密室の変死体、落盤事故、黒い狐面の女……。ホラーミステリーの名手による新シリーズ開幕。　（辻　真先）
み-58-1

三津田信三
白魔の塔
炭坑夫の次は海運の要から戦後復興を支えようと灯台守の職を選んだ物理波矢多。二十年の時を超える怪異が待ち受けるとも知らず……。大胆な構成に驚くシリーズ第二弾。　（杉江松恋）
み-58-2

山口恵以子
月下上海
昭和十七年。財閥令嬢にして人気画家の多江子は上海に招かれたが、過去のある事件をネタに脅される。謀略に巻き込まれた彼女の運命は……。松本清張賞受賞作。　（西木正明）
や-53-3

薬丸　岳
死命
若くしてデイトレードで成功しながら、自身に秘められた殺人衝動に悩む榊信一。余命僅かと宣告された彼は欲望に忠実に生きると決意する。それは連続殺人の始まりだった。　（郷原　宏）
や-61-1

矢月秀作
刑事学校
大分県警刑事研修所・通称刑事学校の教官である畑中圭介は、小中学校時代の同級生の死を探るうちに、カジノリゾート構想の闇にぶち当たる。警察アクション小説の雄が文春文庫初登場。
や-68-1